Because I love Green

초록이 좋아서

정원을
가꾸며
나를
가꿉니다

더
초
록 홍
진
영

7년차 정원생활자 더초록이

자연에 기대어 만들어낸

정원이라는 아주 사적인 우주

Angle Books

초록이 주는
다정한 위로에 관하여

작년 5월, 이 책을 쓰기로 하고 바로 아빠에게 전화했다.

"아빠, 저 에세이 내기로 했어요. 아빠 얘기도 많이 쓰려고요. 그러니깐 꼭 딸 책 나오는 거 봐야 해요!"

투병 중이던 아빠는 작지만 기쁜 목소리로 답하셨다.

"그럼! 아빠가 버티지! 그렇다고 너무 무리하진 마라."

정원에 대한 사랑은 아빠에게 물려받았기에, 그런 이야기를 잔뜩 써서 선물하고 싶었다. 그때까지 조금만 힘을 내주셨으면, 버텨주셨으면 했다. 그러나 꺼져가는 생명을 억지로 붙잡아 둘 수는 없었다. 며칠 뒤, 아빠는 하늘로 떠나셨다.

마음이 무너지고, 몸이 무너졌다. 하늘에서는 끝없이 비가 내렸다. 원고를 써야 했지만, 한 자도 쓸 수 없었다. 정원에 대한 마음을 담아야 하는데, 그 무엇도 담지 못할 것 같았다. 내 안이 텅 비어서…….

폭우가 지나간 가을의 어느 날, 오랜만에 정원에 나섰다가 왠지 모를 위화감을 느꼈다. 잔디가 멀끔한 게 아닌가. 아무도 돌보지 않았는데 깨끗이 깎여 있다니. 나 대신 남편과 아이들이 묵묵히 잔디를 돌봐왔던 거다. 그제야 보였다. 내가 나를 놓았을 때마저 곁을 지켜준 다정한 마음들이.

정원을 살리고 싶어서, 다시 돌보고 싶어서 움직이기 시작했다. 황폐했던 정원은 생각보다 빠르게 초록을 되찾았다. 마치 나를 기다리던 것처럼, 식물들은 나의 손길 하나하나에 열렬하게 화답했다. 대체 누가 누구를 살리겠단 것인지. 도리어 정원이 나를 돌봐주고, 살려주고 있었는데.

이 책에 직접적인 가드닝 비법 같은 건 없다. 다만, 정원을 가꾸며 느꼈던 소회를 소박하게 담았다. 정원을 가꾸다 보니 어느새 내 마음까지 가꾸게 된 이야기들⋯⋯. 정원에서의 시간은 단순히 식물을 키우는 게 아니라, 나 자신을 치유하고 회복하는 시간이다. 이 책을 통해 여러분도 자신만의 정원을 발견하고, 그 안에서 다정한 위안을 찾았으면 한다.

더초록 홍진영

Chapter 1

봄,

시작은

마냥 초록이

좋아서

in the spring

이번 봄, 첫해에 심었던 목련을
예쁘게 전지했다.
어느새 실력이 많이 는 것 같아 기뻤다.

전지 잘했다고 기뻐하고,
풀 뽑아 개운하다고 기뻐하고,
용케 월동한
블루세이지를 보며 기뻐하고,
오랜만에 벌을 만나 기뻐하는 것.

정원을 보살피는 일은
매일 작은 기쁨이
차곡차곡 쌓이는 일이다.

봄이 오면 걸리는 병

작은 새싹이 땅에서 손을 내밀고, 꽃봉오리가 부풀어 가면 그 병이 찾아온다. 바로 '뱅글뱅글 봄 루틴'.

봄날과 사랑에 빠진 가드너에게 정원은 천국의 다른 이름이다. 한 발 내디딜 때마다 발견하는 식물들은 모두 겨울을 뚫고 태어난 기적의 선물 같다. 하나하나 감탄하다 보면 정원 열 바퀴 돌기도 예삿일이다. 이런 나의 상태는 거의 병적인데, 내가 이름 붙이기로 '돌고 돌고 돌고' 병이다.

땅을 살피며 돋아나는 새싹을 하나하나 감별하는 건

봄을 맞이하는 의식과도 같다. 꼭 하지 않아도 되는 일이지만, 보고 싶어 죽겠다는 마음이라면 이해할까? 작은 새싹은 모두 다 특별하고 소중하니까.

'이건 올라야, 이건 락스퍼, 이건 블루세이지, 이건 리아트리스, 이건 잡초……? 넌 뽑아야겠다!'

이러면서 10분 동안 자리를 떠나지 못한다. 조금 움직이다 다시 멈춰 서서 반복. 그렇게 한 바퀴를 돌고, 뭐가 아쉬운 듯 다시 한번 돌고, 결국 누가 멈춰줄 때까지 무한 반복이다.

매일매일 부풀어 오르는 꽃눈을 관찰하는 재미도 빼놓을 수 없다. 점점 통통해지다가 갈색 껍질 사이에서 살짝 꽃잎이 보인다. 한순간도 같을 때가 없으므로 예의 주시하며 매의 눈으로 살핀다. 그러다 운이 좋으면 꽃 피는 순간을 만나기도 한다. 아싸!

자라나는 새싹과 꽃을 살피고, 어린 모종을 심고, 가지를 치고, 잡초를 제거하는 일련의 일들을 처리하다 보면 나도 모르게 최상의 몰입 상태가 된다. 아이들을 데리러 가기 전에 잠깐, 정말로 아주 잠깐 동안 모종을 심어야지 했는데, 일에 빠져서는 아이들을 기다리게 한 적도 부지기수다. 베테랑 엄마들을 보면 할 일을 하면서도 아이들 간식까지 기가 막히게 차려내던데, 나는 간식은커녕 식사 시간도 훌쩍 넘겨버리기 일쑤다.

"잠깐만, 엄마 이것까지만 하고 밥 줄게~!"

급한 마음에 그렇게 말해놓고는 또 '과몰입'해 버린다. 한 시간을 훌쩍 넘게 정원을 돌고 돌고 돌면 또 아이들이 보챈다.

"아, 엄마~! 왜 안 들어와요!"

언젠가 한번은(실은 여러 번이다……) 배고픈 아이들도 잊고 일에 몰두한 적이 있다. 물론 중간에 퍼뜩 정신 차리긴 했지만, 그때를 생각하면 지금도 아이들에게 미안하다. 책임은 중독성 높은 정원일에 미뤄두는 걸로…….

중독의 사전적 정의는 '어떤 사상이나 사물에 젖어 정상적으로 사물을 판단할 수 없는 상태'라고 한다. 내게는 봄의 정원이 딱 그렇다. 봄만 되면 그동안 좋아했던 다른

일들, 가령 독서나 영화, 여행에 대한 흥미가 완전히 사라진다. 정원의 매혹이 일상의 루틴과 의무까지 잊게 만든다. 마치 정원이 아닌 곳의 문들은 모조리 닫아버린 느낌이랄까.

봄의 정원이라는 문을 열고 들어가면 하던 일을 멈추고 되돌아 나오기가 생각보다 어렵다. 몰입과 중독의 차이는 원래 있던 자리로 되돌아올 수 있는지로 결정되는 게 아닐까. 무엇이든 과하면 해가 되는 법이다. 손에서 일을 놓고 가뿐하게 등 돌리는 지혜도 필요하다.

삶은 균형의 예술이다. 즐거움과 책임, 몰입과 현실 사이에서 조화를 찾아야 한다. 봄마다 호되게 걸리는 '돌고 돌고 돌고' 병은 정원 중독에 대한 경고이기도 하다. 이 순간의 아름다움을 즐기되, 조금 더 여유를 갖고 미래의 삶도 슬기롭게 챙겨가야겠다……고 몇 시간째 쥐고 있던 호미를 놓으며 생각한다. 중독과 몰입의 단계를 왔다 갔다 하며 적당한 지점을 찾아가는 것도 베테랑 정원사가 되는 과정 중 하나인가 보다.

얼렁뚱땅, 초록가든의 탄생

나는 단호하게 아파트를 떠나기로 했다. 더 이상 현관문을 열고 나와 엘리베이터를 타고 9층이나 내려와 땅을 밟고 싶지 않았다. 내 집을 지을 수도 있다는 선택권이 주어지자 꽉 막힌 이곳에서 단 하루도 견디기 힘들었다. 그동안 어떻게 아파트에 살았는지 답답함이 밀려들었다. 조금 춥고 불편하더라도 문을 열면 바로 땅을 밟을 수 있는 곳. 우리의 이름으로 된 첫 집은 그런 집이길 바랐다.

호기롭게 집 짓기를 시작했지만 현실은 만만치 않았다. '그냥 꿈으로만 간직할 걸 그랬나…….' 공사 현장에서의 크고 작은 문제로 살짝 후회되기도 했지만 이미 시작한 공사를 무를 수는 없었다. 나는 멈출 수 없는 열차에 탄 것처럼 나아갔고, 꼬박 1년 후 집이 완성되었다.

새집에서 맞은 첫날 아침, 집 안 가득 쏟아지는 햇살을 받으며 눈을 떴다. 현관문을 열고 나가니 바로 2월의 딱딱하고 마른 땅이 펼쳐졌다. 코끝이 찡했다. 아니, 차가운 공기 때문이던가. 땅 위를 걸으며 숨을 크게 들이쉬어 보았다. 차고 맑고 신선한 공기가 폐 속을 지나 머릿속 깊은 곳까지 파고들어 온다. 그래 바로 이거지!

하지만 즐거움도 잠시, 며칠을 살다 보니 주택에서의 삶은 집이 다가 아니었다. 생활하는 곳은 집이지만, 눈이 닿는 곳은 마당이었다. 정성 들여 고른 조명이나, 식탁, 창문, 몇 번이나 바꾼 계단의 재질과 색깔보다 창밖에 펼쳐진 마른 땅과 하늘에 시선이 먼저 갔다. 시늉하듯 심은 나무가 맨땅에 드문드문 박힌 황량한 마당이라니. 이렇게 을씨년스러울 수가!

이 드넓은 땅을 어찌해야 할까? 눈앞이 캄캄했다. 농부의 딸로 태어나 시골에서 자랐지만 공부한다는 핑계로 딱히 흙 일을 해본 적이 없는데 이제 와 새삼스레 정원이라니. 손바닥만 한 땅이 광활한 벌판처럼 느껴졌다. 우왕좌왕하다가 첫 봄이 왔고, 나는 급한 대로 나무 몇 그루를 공수해 심기로 했다. 나무는 저절로 알아서 커갈 테니 분명 효율적인 가드닝이리라. 바쁘게 삽질하고, 곁다리로 산꽃을 심기 위해 호미질도 하는데 예상치 못한 감정이 꿈틀댔다.

'어? 뭐지? 왜 이렇게 신나는 거야?'

온몸은 흙투성이에 머리는 헝클어지고 손톱에는 흙 때가 잔뜩 끼어서 엉망인 데다 안 하던 일을 하니 허리도, 다리도, 팔도 아팠다. 그런데 묵직한 것이 쿵 떨어진 것처럼 가슴이 울렸다. 오랫동안 잊고 있던 어린 시절, 아빠가 심어둔 꽃과 나무 속에서 흙을 만지며 놀던 내가 시간을 초월해 여기로 온 것 같았다. 정원을 가꾸기로 결심한 건 당

연한 수순이었다.

황량하던 앞마당은 이제 계절마다 꽃이 흐드러지는 초록가든이 되었다. 첫 봄에 어영부영 심은 나무는 어느새 내 키의 두 배가 넘게 자라 시원스러운 잎을 하늘하늘 드리운다.

이렇게 될 줄 모르고 시작했지만 이렇게 되어 참 다행이다. 그런 일이 세상에는 참 많은 것 같다.

봄에 깨닫는 겨울의 의미 ━━━━━━

올해도 어김없이 바람이 먼저 알고 따스한 숨결로 볼을 간지럽힌다. 봄의 기운이다. 군데군데 남아 있는 눈 자국 속에서도 본능적으로 봄이 코앞에 다가왔음을 느낀다. 봄은 어쩌면 이렇게 때를 정확히 알고 찾아올까? 계절의 순환을 느낄 때면 이 거대한 우주에서 우리는 얼마나 미약한 찰나의 존재인지 새삼 깨닫는다.

아직 추위가 가시지 않았을 때 피어나는 꿋꿋한 꽃도 있다. 보라유채나 물망초, 네페타, 온실에서 겨울을 보낸

팬지와 비올라 같은 꽃들이 처음으로 꽃망울을 터뜨리면 유난히 감동적이다. 작은 꽃이지만 단단한 몸체에 다부진 모습이 심상치 않다. 올망졸망하고 잔잔하게 피어나지만 따뜻해질수록 덩치를 키워 결국 화단 전체를 덮어 버리는 대범한 녀석들.

그중에서 튤립은 유별나게 화려하고 압도적이다. 폭죽처럼 봄을 터뜨리는 튤립이 좋아서, 매해 가을마다 알뿌리를 여기저기 심어두곤 한다. 가을에 심는 데는 다 이유가 있다. 신기하게도 튤립은 꼭, 반드시, 기필코 추운 겨울을 온몸으로 맞아야만 꽃을 피우기 때문이다. 게으름 피우다 때를 놓지면 봄에 알뿌리를 사기도 하는데, 이럴 때는 저온 처리를 했는지 유심히 살핀다. 고이고이 따뜻하게 모셔둔 구근에서는 꽃이 피지 않으니 일부러 시련을 겪은 걸 골라 사는 거다. 사실 튤립만이 아니라 대부분의 봄꽃이 그렇다. 봄에 피는 꽃들은 모두 긴 겨울을 견뎌내야 비로소 풀어볼 수 있는 자연의 선물이자 환희다.

35

가끔은 겨울이 혹독한 악역을 맡은 어머니처럼 느껴진다. 더 나은 미래를 위해 스파르타식으로 예행연습을 시켜둔달까. 생각해 보면 우리 엄마도 나를 마냥 약하게만 두지 않으셨다. 건강한 아들을 먼저 키운 터라 몸 약한 딸이 걱정되셨을 텐데, 씩씩하게 뭐든 부딪쳐 보고 온몸으로 구르게 두셨다. 세상사에 좌절하고 넘어져도 나서서 해결해 주지 않으셨다. 묵묵히 기다려주셨고, 가끔은 일어나라고 다그치기도 하셨다. 엄마가 되어보니 그렇게 기다려주고 쓴소리하는 게 더 어렵던데, 우리 엄마는 어찌 그리 지혜로우셨을까. 나야말로 우리 아이들을 그렇게 키워야 하는데……. 아니, 아이들은 고사하고 내 정원만이라도!

엄마로서도 정원사로서도 많이 부족하지만, 아이들도 꽃도 내 손으로 피워낸 생명들이니 끝까지 고군분투해 보련다. 몸과 마음에 스며든 엄마의 사랑이 있으니 어떻게든 해낼 수 있으리라 믿으면서.

분명히 있어, 식물 유전자

다큐멘터리에서 도마뱀의 기이한 '얼음땡'을 보았다. 기온이 낮을 때는 '얼음' 상태로 꼼짝도 안 하다가 햇볕에 몸이 데워지니 갑자기 '땡' 하고 움직이는 게 아닌가. 그 모습이 어쩜 그렇게 나와 비슷한지 헛웃음이 나왔다. 물론 도마뱀은 변온 동물이라 그런 거겠지만.

회색 구름이 낮게 깔리는 흐린 날, 나는 '얼음' 상태의 도마뱀이 된다. 몸도 마음도 축축 처지는 게 도무지 기운이 안 난다. 관절 구석구석, 머릿속 사이사이 기름칠을 좀 해

쥐야 할 것만 같다. 햇빛이 들면 급속 충전한 핸드폰마냥 '땅' 하고 정원을 이곳저곳 휘젓고 다닐 수 있는데 말이다. 도대체 왜 이러는 걸까?

햇빛을 받아야 기운이 샘솟고 의욕이 넘쳐흐르지만, 날이 흐리면 푹 가라앉아 그저 숨만 쉬는 존재. 어! 근데 이건 식물 아닌가?

나는 아무래도 식물처럼 광합성을 해야 에너지가 생기는 인간인가 보다. 체세포를 자세히 들여다보면 식물 유전자가 못해도 30퍼센트 정도는 있지 않을까? 지구에 있는 모든 생명체의 시작은 같았으니, 영 비과학적인 얘기가 아닐지도 모른다.

정원에서 일을 하다 보면 식물들이 마치 내 얘기에 귀를 기울여주는 거 같다는 생각이 종종 든다. 시끄럽고 복잡한 세상에서 아무 말도 없이 침묵으로 묵묵히 위로를 건네는 식물들. 혹시…… 그들의 경청과 공감도 식물 유전자를 공유하는 자들끼리의 찌릿한 이끌림 아닐까? 역시

단순한 망상이 아니었어. 어쩐지, 긴 가뭄 끝에 비가 올 때 신나서 재잘거리는 소리가 들리는 거 같더라니!

우스갯소리로 식물 유전자 운운했지만, 정말로 정원을 가꾸며 식물에 서서히 스며들었는지도 모른다. 지금은 해를 못 보면 시들시들하다는 것만 간신히 닮았지만, 자꾸만 '식며들다' 보면 언젠가는 다른 장점도 하나씩 닮게 되지 않을까?

어릴 적부터 질리게 식물을 봤지만 지금까지도 나는 식물이 참 좋다. 어떤 시련이든 묵묵함과 꾸준함으로 이겨내는 모습이 너무나 감동적이다. 어차피 식물형 인간일 거면, 이제부터는 햇빛 충전 말고 이런 기능도 좀 탑재해 봐야지 싶다.

기다림을 알려준 꽃, 작약

5월의 정원은 별천지다. 꽃의 여왕 자리를 두고 온갖 꽃이 흐드러지며 경쟁한다. 5월을 위해 일 년을 일한다고 할 정도로 정원사에게는 행복한 나날이다. 하루하루가 마치 동화 속에 들어온 듯 황홀하다.

수많은 봄꽃 중 작약은 내가 가장 기다리는 꽃이다. 일년을 기다려 딱 일주일 만나는 잠깐의 황홀한 시간. 어떤 시인이 말했던가? 찬란한 슬픔이라고……(사실 시인은 모란을 두고 말했지만, 작약과 모란은 겉으로 보기에 거의 비슷한 데다

서양에서는 똑같은 단어로 부르기도 하니, 그게 그거라고 호기롭게 통 쳐본다). 찬란하게 피어난 작약이 지는 모습은 상실감에 잠기기 딱 좋다. 하지만 슬픔도 잠시, 정원사는 또다시 내년의 작약을 기다리며 일 년을 버틴다.

주택에서 1년을 살고 두 번째 맞는 봄, 처음으로 잔디를 파내고 작약 열두 뿌리를 심었다. 세상 곳곳의 아름다운 정원 사진을 보고 우리 정원에 적용하는 게 당시 나의 취미였는데, 첫 실험 대상이 바로 작약이었다. 아이 얼굴만큼 큰 꽃이 색색깔로 화려하게 피어오른 모습은 정말 천상계의 정원 같았다. 절화로도 사랑받는 귀한 꽃을 정원에서 기를 수 있다니! 처음 작약 정원 사진을 본 후로 머릿속에 작약 정원을 정말 수백 번은 더 만든 것 같다.

막연한 상상 하나만 믿고 마당 중앙 화단의 잔디를 홀라당 파냈다. 빨간 촉이 한두 개 달린 작은 뿌리 열두 개를 가지런히 심고 흙을 덮으며 뿌듯해했다. 작약처럼 꽃이 큰 식물은 퇴비가 생명인데, 그때는 초보라서 그런 것도 몰랐

다. 척박한 땅에 퇴비 한 삽 없이 뿌리만 덜렁 심어두고는 혼자 기뻐한 거다. 심지어 그 무렵, 본업인 약국 일이 바빠 정원에 많은 시간을 쓰지 못했다. 애지중지 심어놓고는 버려진 아이처럼 방치했다. 당연히 꽃 소식은 없었다.

"저 풀때기는 뭐길래 저기에 심은 거야? 뽑으면 안 돼?"
"엄마, 저 초록색 식물은 뭐예요? 잎을 보는 거예요?"

남편과 아이들이 불평을 늘어놓을 때마다 나는 자신 있는 척 기다려 보라고 했다. 하지만 내심 '꽃은 도대체 언제 피는 걸까? 피기는 할까?' 하고 의심했다. 그렇게 잎사귀만 보길 꼬박 2년. 드디어 세 번째 봄, 통통한 꽃봉오리가 달리기 시작했다. 그것도 수십 개가 한가득!

내가 심은 작약은 모두 꽃이 폭탄처럼 터지는 겹작약이었다. 알사탕 상태로 한참 애를 태우더니 어느 날 수백 장의 꽃잎을 펼치기 시작했다. 향기는 말로 설명할 수가 없다. 태어나 맡은 향 중 가장 고급스러운 향이랄까. 달콤한데 시원하고 산뜻한 향. 그중에서도 최고는 바로 '볼 오브 크

림Bowl of cream'이라는 하얀색 겹작약이다. 이 꽃은 피는 모습부터 남다르다. 꽃송이가 확연히 크고 꽃잎은 비단결처럼 보드랍고 얇다. 볼 오브 크림이 필 때면 아침 일찍 나가 꽃 속에 얼굴을 파묻고 향을 흠뻑 들이켠다. 꽃잎을 이불 삼아 하룻밤 숙면한 청개구리를 만나면 호들갑을 떨며 아이들을 불러낸다. 졸린 눈을 끔뻑이는 청개구리는 작약만큼 기다리는 존재이기도 하다.

정원일에 서툴던 초반에는 성공보다는 실패가 주를 이뤘다. 열심히 해도 달라지는 게 없었다. 당장 결과가 나오는 일에 익숙했던 내게, 정원은 뜸을 들이는 일도 중요하다는 걸 일깨워 주고 싶었나 보다. 종종 불확실성의 폭풍을 견딜 인내가 필요하다는 것, 기다림은 지침이 아니라 설렘이라는 것. 그리고 소중한 것들은 천천히 자라나니 조바심 내지 않아도 된다는 것. 3년 만에 꽃피운 작약의 선물이다.

워런 버핏이 울고 갈 최고의 투자자. ———————

———————— 띵동! 또 택배 상자다. 어제 온 택배까지 벌써 세 상자나 쌓였다. 정원을 7년이나 가꿔서 더는 쇼핑이 필요 없을 것 같지만, 새로운 식물은 끝도 없이 나를 유혹한다. 매혹적인 '신상' 식물을 보면 장바구니에 넣지 않고서는 못 배긴다. 세상에서 제일 예쁜 꽃은 우리 집에 없는 꽃이니까!

봄이 오면 연례 의식처럼 식물 가게를 들락이며 우리 정원에 없는 꽃들을 물색한다. 물론 위시 리스트는 작년부터

찜해둔 아이들로 터져나갈 듯하다. 봄은 위시 리스트에 밑줄을 그을 절호의 기회다.

그나저나 나의 위시 리스트는 끊임없이 진화하고 탈피하는 생물 같다. 아니 분명 그렇다! 하나를 지우면 어디선가 슬그머니 새로운 위시 리스트가 추가된다. 마치 잡아도 잡아도 계속 나오는 두더지 게임처럼. 이 게임에 끝이란 없다. 네버 엔딩 스토리다.

분명 3천 원짜리 모종을 산 것뿐인데 통장에 난 구멍은 그 열 배가 훌쩍 넘는다. 정원이 스스로 내 계좌에 체크 카드를 연결하고는 눈치도 안 보고 마구 긁는 것 같다. 대부분은 초화류라 몇만 원 선에서 그치지만(이실직고하자면 그보다 조금 더 많기는 하다, 아주 쪼오금 더……) 가끔 나무 묘목까지 건드리면 통장은 바닥을 드러낸다. 봄마다 정원이 내민 '봄 청구서'가 만만치 않게 쌓인다. 탈탈 털린 통장이 들면 통탄스럽겠지만, 솔직히 나는 '이건 청구서가 아니야, 주식 투자 같은 거지!'라고 생각하는 마음이 없지 않다.

'띵동' 소리와 함께 등장한 내 주식 종목들은 아직 여리여리하고 연약하다. 그렇다고 평가 절하해서는 안 된다. 흙 속에만 잘 심어두면 멋진 쇼를 준비하는 '저평가 우량주'니까. 봄비가 시원하게 내릴 때마다 보란 듯 싹을 틔우고 꽃을 피운다. 분명 작은 모종이었는데, 여름에는 정원 한 자락을 모조리 뒤덮을 정도로 자라기도 한다. 역시, 내 투자는 옳았어! 천 원짜리 모종이 아름다운 꽃으로, 동전값으로 산 씨앗이 귀여운 새싹으로 바뀌는 경이로움이라니. 이것은 필시 마법 아닐까?

 정원이 화려해질 때마다 나는 워런 버핏보다도 더 능력 있는 투자자가 된 듯한 기분이다. 아무리 미화해 봤자 과소비라고 하면 할 말은 없지만, 그래도 꽃으로 보답하는 어여쁜 지출이니 가족들도 조금은 봐줬으면 좋겠다.

땅콩아, 선물은 이제 그만!

몽글몽글 아지랑이가 피어오르고 따사로운 햇살이 가득한 날, 화려한 꽃들을 제치고 또 다른 주인공을 꿈꾸는 아이들이 있다. 유연한 몸놀림으로 살랑거리며 등장하는 우리 집 고양이 피오와 땅콩이. 물론 똑같은 주인공이라도 장르는 조금 다르다.

솜사탕처럼 하얀 털색에 신비한 오드 아이를 지닌 고양이 피오는 걷기만 해도 화보 촬영을 하는 것처럼 우아한 자태를 뽐낸다. 나무도 잘 타고 꽃향기 맡기도 좋아해서

대충 찍어도 청량한 청춘 영화 스틸컷이 뚝딱이다. 반대로 땅콩이는 발랄하고 명랑한 무법자다. 땅 파는 것을 좋아하고 호기심이 많아 풀잎이나 꽃잎을 아그작, 씹어 먹기도 한다. 강아지들과 장난도 잘 치는 걸 보면 가끔 자기가 고양이인 것조차 잊은 게 아닌가 싶다. 유쾌한 땅콩이는 코믹 드라마 주인공이다.

강아지 네 마리가 살던 우리 집에 뜬금없이 고양이가 자리 잡은 데는 코로나 여파가 컸다. 알 수 없는 두려움과 긴장감이 공기 중에 떠다니던 시기. 나도 조금은 평소와 다른 사람이 되고, 이전과 다른 결정을 내렸던 거 같다. 그렇지 않고서야 어떻게 고양이를 기를 생각을 했을까?

어느 날 이웃의 고양이가 새끼를 낳았다는 말에 아이들과 함께 구경을 갔다. 새하얀 고양이 두 마리와 노란색 줄무늬 고양이 한 마리. 꼬물꼬물 깜찍한 모습에 아이들과 나는 한눈에 사랑에 빠졌다. 바로 남편에게 말해 보았는데, 평소 고양이는 절대 안 된다던 남편도 코로나로 인해 심경의 변화가 있었는지, 그럼 한 마리만 데려와 마당에서 키우자는 게 아닌가! 아이들과 나는 데려갈 고양이를 골라야 했다. 당연히 아이들이 하얀색 고양이를 고르려니 했는데 예상 밖에 노란 고양이를 골랐다. 아이들에게는 도도해 보이는 새하얀 고양이보다 애교스러운 치즈냥이 더 좋았나 보다. 나는 하얀색 오드아이 고양이가 너무 예쁜데……. 할 수 없이 예정에 없던 두 마리를 데려왔다. 외로우면 안 되니깐! 남편은 기가 막혀했지만, 이미 마당에서 키우기로 했으니 한 마리든 두 마리든 무슨 상관이겠는가. 그렇게 두 마리의 고양이를 기르게 됐다.

두 고양이는 한배에서 자란 자매답게 사이가 좋다. 내가 정원에서 일을 할 때마다 졸졸 쫓아다니다가 온실에 들어가 잠을 자곤 한다. 강아지 네 마리와는 진작에 서열 정리를 끝냈다. 고양이는 개를 못 이긴다던데, 우리 집은 오히려 고양이의 서열이 높다. 그렇다고 사이가 나쁜 건 아니어서 늘 함께 뛰어논다. 그 드물다는 '견묘지간 친구'를 우리 정원에서는 쉽게 볼 수 있다. 얼렁뚱땅 입성했지만 어

느새 정원의 어엿한 주민이 된 고양이 자매. 그리고 어린 자매에게 앞자리를 내준 너그러운 강아지 네 마리. 푸르른 정원을 누비고 다니는 동물들은 하마터면 풀만 무성했을 나만의 우주를 풍요롭게 만들어준 일등 공신이다.

올해는 유난히 고양이들에게 선물을 많이 받았다. 밥 주고 똥 치워주고 늘 보살펴 주는 집사이니 고맙기도 하겠지만, 문제는 그 선물이 영 달갑지 않다는 거다. (놀라지 마시길!) 선물은 주로…… 쥐……. 찍찍 소리 내는 생쥐다. 고양이들이 쥐를 잡는 건 알지만, 게을러 보이고 늘 잠만 자는 우리 고양이들마저 그렇게 잘 잡을 줄이야. 아침에 나가면 별채 의자 옆에 죽은 쥐가 놓여 있다. 그걸 마주할 때마다 정말 울고 싶다. 이러다 뱀도 잡아다 놓는 건 아닌지……. 늘 자기 위주로 생각하는 고양이들 덕에 아침마다 문을 열기가 무섭다. 오늘도 긴장하며 별채 문을 열었다가 소스라치게 놀랐다. 의자 옆에 작은 쥐 한 마리, 그리고 그 의자 위에서 잠든 펑퍼짐한 땅콩이……. 아……, 선물은 이제 그만!

보라색 클레마티스 '파스토라레Pastorare'와 오렌지빛 장미 '레이디 오브 샬롯Lady of Shalott'이 아치에 함께 피었다. 대조적인 색상의 두 꽃이 환상적으로 어울린다. 둘이 함께 어우러져 피어나길 바랐지만, 꽃이 피는 그 짧은 순간이 겹치기란 장담하기 어렵다. 그럼에도 이렇게 만나는 모습을 보여주면 그동안의 고생에 보답을 받은 것 같아 기쁘기 그지없다.

요즘은 기후 이변 때문인지 해마다 날씨가 사뭇 다르

다. 봄이 늦게 오는 해도 있고, 비가 적게 오거나 너무 많이 오기도 한다. 일찍부터 더위가 시작되기도 하고, 겨울이 유난히 춥기도 하다. 어느 한 해 같은 날씨가 없기에 꽃이 정확히 언제 필지는 누구도 알 수 없다. 모든 것이 그 해의 온도, 바람, 비, 햇빛에 달렸다. 큐 사인을 보내는 건 오로지 자연의 몫이다.

이번에는 클레마티스가 지기 전 다행히 장미가 피어서 아치에서 만날 수 있었다. 장미는 그냥도 아름답지만 아치를 타고 올라가 피어나면 그 느낌이 사뭇 달라진다. 공중 그네에 매달려 한들한들 바람을 타는 화려함은 보는 즐거움을 한층 끌어올린다. 커다랗고 존재감 있는 클레마티스와 다글다글 모여서 화사하게 피어나는 장미가 한데 모이면 그 아름다움이란 형용할 수 없을 정도다. 막연한 상상력과 직감으로 클레마티스와 장미를 심어두고 아치에 장미가 피기를 기다리고 기다렸는데 올해 어느 순간 탁, 그게 이루어졌다. 분명 자연의 어딘가에 훌륭한 감독이 숨어 있어 큐 사인을 내린 게 분명하다.

자연은 영화 감독이자 오케스트라 지휘자이기도 하다. 자연 속에서 조화롭지 않은 것은 없다. 노란 산수유가 점점이 피며 조용히 시작된 음악은 갖가지 꽃이 피어나며 거대한 하모니를 이룬다. 훌륭한 지휘자가 조율하지 않고서야 어떻게 이런 선율을 만들어낼 수 있을까. 생각할수록 놀랍고 신비한 일이다.

자연의 큐 사인은 예측불허이기에 준비가 되어 있는 사람만이 그 사인을 받아 아름다운 절정을 끌어낼 수 있다. 오늘도 혹시 모를 사인을 놓치지 않기 위해 아침부터 정원으로 나섰다. 언제 주어질지 모른다는 불안감조차 설렘으로 다가온다. 두근두근! 오늘은 과연 어떤 큐 사인이 있을까?

Chapter 2

여름,
　선명하게
　　부서지는
　　　햇살의 밀도

in the summer.

문을 열고 나가니
마당은 온통 장미 향이다.

담장의 장미는 춤을 추듯 넘실대고,
여러 개의 아치는 장미로 뒤덮여
꽃 터널을 만들었다.

모든 생명체가 각자의 자리에서
빛을 발하는 여름.
정원은 마치
누가 마법 지팡이를 휘두른 듯
황홀한 아름다움이 펼쳐진다.

기꺼이 '장미 집사'가 된 이유

나의 정원에는 어림잡아 40여 종의 장미가 있다. 담장을 휘감고 거대한 핑크 물결을 만드는 '안젤라 Angela'부터 발걸음을 멈추게 하는 향기로운 '더 제너러스 가드너 The Generous Gardener', 딸기 우윳빛의 탐스러운 '에덴 85 Eden 85' 장미까지 하나하나 다 꼽기도 벅차다. 장미는 거의 모든 색을 가진 꽃이기에(심지어 푸른 장미도 있다!) 원하는 색을 발견할 때마다 사게 된다. 꽃이 피어나면 정원은 세계 각국의 장미 축제 풍경처럼 북적거린다.

자칭 초록가든이라며 초록 사랑을 주장하는 내가 어쩌다 이렇게 많은 장미의 주인이 된 걸까? 그 이야기를 하려면 이 집을 짓고 이사 온 첫 해로 돌아가야 한다. 처음 생긴 정원을 어떻게든 채우려던 어느 날, 검색을 하다가 우연히 영국의 '데이비드 오스틴David Austin' 사社의 장미들을 보게 됐다. 우아하고 다채로운 색감, 다양한 화형에 수십, 수백 장의 꽃잎을 자랑하는 장미들은 내가 이전에 알던 장미와는 차원이 달랐다. 뭐라도 사고 싶은 마음에 거의 품절 직전으로 남아 있던 '브라더 캐드팰Brother Cadfael'을 주문했고, 담장 옆의 척박한 땅을 파고 그곳에 고이 심었다. 그러고는 애타게 2년을 기다렸다. 첫해에 꽃이 피었지만 사진으로 본 예쁜 화형은 나오지 않았고, 이듬해에는 많은 꽃봉오리를 맺었지만 금세 시들어 얼굴 한 번 제대로 보지 못했다. 그러다 3년째에 드디어, 담장 가득 아름다운 물결을 이루었다. 수백 장의 꽃잎을 가진 핑크색 작약 '사라 베르나르Sarah Bernhardt'와 꼭 닮은 꽃은 향기 또한 맑고 청아했다.

까다로운 장미를 과연 내가 기를 수 있을까. 스스로 의

심하던 나는 일단 첫 장미를 길러본 뒤에 결정하기로 마음 먹었다. 그런데 그 테스트 기간이 2년이나 걸릴 줄이야. 장미는 쉽게 곁을 주는 초화류와도, 깊게 뿌리박고 신뢰감을 주는 나무와도 달랐다. 초화류처럼 화려한 꽃을 피우지만 본체는 나무라서 세심한 관리와 대범한 전지, 그리고 오랜 기다림이 필요했다. 어린왕자가 그토록 장미를 아꼈던 이유가 뼈저리게 느껴졌달까. 그러나 오랜 기다림 끝에 흐드러지게 피어난 장미 덕에 온몸이 붕붕 떠다니는 듯한 환희를 경험했고, 그렇게 장미에 완전히 빠져들고 말았다.

장미에 빠진다는 건 말처럼 로맨틱한 일만은 아니다. 예쁜 장미를 보면 갖고 싶어서 잠이 안 올 지경이었는데, 내가 이렇게 소유욕이 강했나 싶었다. 장미에 홀려 무언가에 이끌리듯 결제 버튼을 누르다가 화들짝 놀라 취소한 적이 부지기수다. 어느 날은 장미가 한꺼번에 10개쯤 배달되기도 하고, 잘못 주문해서 같은 장미를 몇 개나 심기도 했다. 이건 공공연한 비밀(?)이지만, 지금의 아치들은 모두 계획적으로 들인 게 아니다. 겹겹이 쌓인 장미를 어떻게든 죽이지

않고 키워보려고 설치한 것이다. 그리고 잔디는 또 얼마나 많이 벗겨내야 했는지……. 수많은 삽질을 생각하면 지금도 눈물이 찔끔 나올 것 같다.

신나게 질러댄 결과, 나는 장미의 노예가 되어버렸다. 대부분의 꽃나무는 한 계절에만 가지치기를 하지만 장미는 수시로 가지치기를 해줘야 하고 사이사이에 시든 꽃을 자르는 '데드 헤딩'까지 곁들여야 한다. 그만큼 손이 많이 가는 식물이다. 퇴비는 기본이고 비료도 주며 꽃필 때가 되면 액체 비료까지 준다. 그리고 벌레들은 왜 그렇게 장미를 좋아하는지, 일일이 손으로 잡으러 다녀야 한다. 다른 꽃이나 나무에는 하지 않는 일들을, 장미는 끝도 없이 요구한다. 장미를 키우다 보면 장미를 꽃의 여왕이라고 하는 진짜 이유를 알게 된다. 자연스럽게 여왕님의 하인으로 전락하기 때문이다.

매일 되풀이되는 장미 수발에 부아가 치밀다가도 장미 한 송이가 피어나면 사르르 사그라진다. 솔직히 장미만 있으면 다른 꽃들이 눈에 들어오지 않는다. 그 아름다움을 어찌 외면할 수 있을까. 심지어 벌레들조차 좋아하는 마당에!

장미 집사의 길은 쉽지 않다. 그러나 그 노고 끝에 얻어지는 아름다움과 향기는 치명적이다. 아마도 요구하는 게 많은 까다로운 여왕님에게, 정원사인 나는 영원히 충성을 맹세할 것 같다.

아… 망했어요…, 아니 안 망했어요! ═══════

═══════ 실패가 끔찍이 싫었다. 내 삶의 팔 할은 실패를 피하려다 이룬 것들이다. 공부할 때는 뒤떨어지기 싫어서 죽어라 공부했고, 일할 때는 누구보다 잘하고 싶어 온 힘을 쏟았다. 실패하면 밀려오는 좌절감, 슬픔, 허무함이 싫었고 마주할 자신이 없었다. 불확실한 일, 자신 없는 일은 지레 겁먹고 도전조차 하지 않았다. 용기 없는 내 모습이 비겁하고 못나게 느껴질 때도 있었지만 틀을 깨고 나오기란 쉽지 않았다.

조금이라도 흙을 만져본 사람은 알겠지만 정원일은 실패의 연속이다. 처음에는 정원에 자작나무를 심고는 물을 주지 않아 나무를 반이 넘게 죽였다. 화분에 가득 차게 심었던 튤립은 쥐가 다 파먹는 바람에 한두 송이밖에 볼 수 없었다. 반그늘에서 잘 자란다던 휴케라를 나무 밑에 심었다가 여름 장마에 몽땅 저세상으로 보내고 말았다. 배수는 간과했던 것이다. 키 순서대로 심어 완벽하다고 자화자찬하던 화단의 다년초들은 다음 해가 되니 들쭉날쭉 제멋대로 자라 나를 놀라게 했다. 겨울을 잘 나고 매년 핀다던 수국은 꽃은커녕 깻잎 같은 잎사귀만 수북했다. 나의 실패 퍼레이드를 여기 다 기록하려면 책 한 권이 부족하다.

정원일은 절대 내 생각이나 예상대로 풀리지 않는다. 노력한다고 실패를 피할 수도 없다. 여기서 실망하고 저기서 낙담하는 게 일이다. 그런데 참 신기한 게, 밥 먹듯 실패하니 도리어 실패의 무게감이 점점 가벼워지는 게 아닌가. 나중에는 거의 깃털 하나의 무게감밖에 안 돼서 '아이고, 이것도 텄네, 텄어……' 하고 넘길 수 있게 됐다. 실패에 너

83

그러워지고 종종 웃음이 나기도 했다. 무수한 실패는 나에게 산뜻한 체념을 가르쳤다. 뭐, 어쩔 수 없는 건 어쩔 수 없지. 안 되는 건 받아들이고 다음에 잘하면 되지 않을까? 그건 내가 실패에서 연상했던 절망이나 열패감과는 전혀 다른 모양의 어떠한 희망이었다.

어린 시절 엄청난 폭우가 쏟아지고 폭염이 이어진 적이 있다. 살인적인 날씨에 일 년 내내 가꾼 아빠의 밭은 엉망이 되었다. 그날 망가진 밭 한가운데서 아빠는 한동안 멍하니 서 계시다가 한숨을 내쉬더니 나지막이 읊조리셨다.

"자연 앞에서는 어쩔 수 없어. 그래도 내년을 위해 다시 해봐야지."

그때는 처참하게 망가진 밭을 보고 어떻게 그런 말씀을 하시는지 이해가 되지 않았는데, 한참이 지난 지금은 가슴 깊이 이해된다. 아빠 말이 맞았다. 모든 것이 사라진 순간에도 완전한 실패란 없다. 내년을 생각하면 지금의 실패조차 결코 실패가 아니다. 단지 더 나은 미래를 위한 과정일 뿐.

　이제는 실패할까 벌벌 떠는 겁쟁이에서 많이 벗어났다. 정원은 생명이 살아 숨 쉬는 자연의 일부라서 인간의 힘으로는 불가항력인 부분이 많다. 설명서처럼 딱 맞는 답이 있지도 않아 시행착오도 무수히 겪는다. 예상치 못한 폭우에 정원을 망치기도 하고, 다른 정원에서는 잘된다는 수국이 우리 집에서는 안될 수도 있다. 그럴 때마다 조금 시무룩해지기는 하지만, 이제는 크게 마음 쓰지 않는다.

　뭐, 아니면 말고! 산뜻하게 체념하는 것도 방법이니깐.

═══════ "앗, 뜨거워."

발을 디디기조차 어렵다.

"아, 눈부셔."

너무도 강렬해 제대로 바라볼 수도 없다. 여름의 정원
은 모든 것을 태워버릴 것처럼 '핫'하다.

가드너에게 여름은 가혹한 계절이다. 너무도 뜨거워 제
대로 정원일을 할 수 없는데 온갖 풀들이 마치 경쟁이라도
하듯 정원을 공격한다. 조금 과장하면 아침에 뽑아도 저녁

에 다시 자라나는 것 같다. 잡초를 솎아내는 시간은 해가 뜨지 않는 새벽. 어둠을 틈타 야습하는 적군처럼 재빠르게 움직여야 한다. 하나라도 더 뽑아내야 잡초 판을 면하니까.

비자발적 아침형 인간이 되는 것도 그리 나쁜 일만은 아니다. 동트기 전 새벽, 모든 생명이 깨어나는 순간을 목도하는 즐거움은 그 어떤 것과도 비교할 수 없으니 말이다. 웅장함미지 느껴지는 고요한 어둠, 낮게 깔린 새벽 공기 아래 묵직하게 들끓는 여름의 생명력. 깊은 내면까지 파고드는 울림은 경험해 보지 않으면 알 수 없다. 물론 잠을 제대로 못 잔 몸은 시든 풀처럼 지쳐 휘청이지만.

새벽부터 정신없이 풀을 뽑고 정원을 동동거리다 보면 금세 해가 중천이다. 정수리가 뜨겁고 목이 바짝 마른다. 차가운 물을 들이켜며 정원을 살피자니, 문득 청춘이라는 단어가 떠올랐다. 태양이 직선으로 내리꽂히고 풀과 나무는 위로, 더 위로 솟구치는 여름. 직진밖에 없는 계절. 나의 청춘도 그랬다. 부딪치고 넘어져 눈물 흘렸지만 이내 일어나 앞만 보고 달려 나갔다. 강렬한 태양에 맞서 당당히 새붉은 꽃을 피워내는 에키나시아처럼, 타들어 갈지언정 기죽지 않고 초록을 뿜어내는 나무처럼, 나도 지지 않고 불탔다.

꺾이지 않는 청춘의 싱그러움과 당당함 때문일까? 여름 정원에 서면 유독 강한 에너지를 받는 기분이 든다. 너무도 '핫'해서 하루하루가 길게 느껴지고 영원히 끝날 것 같지 않지만, 여름은 짧은 순간 불타다가 홀연히 사라진다. 눈부시도록 찬란하지만 찰나에 사라지는 우리의 청춘처럼. 그래서 청춘을 생각하면 늘 아쉽고 그리운 걸까?

작은 리스 안에 담은 여름 ══════════════

심플한 아름다움과 독특한 향기로 여름의 열기를 식혀주는 식물들이 있다. 바로 허브다. 허브는 꽃뿐만 아니라 잎과 줄기에서도 향이 난다. 달콤한 향이나 시원한 향부터 톡 쏘는 향까지 그 종류도 다양하다. 개성 뚜렷한 향기는 근처만 지나가도 알아볼 수 있도록 자신의 존재를 부각시킨다. 게다가 꽃까지 아름다우니 가히 정원의 팔방미인이라 할 수 있다.

정원을 가꾸기 시작한 때부터 허브에 관심이 많았다.

보기만 하는 게 아니라 다양한 용도로 쓰인다는 게 무척 실용적으로 느껴졌다(나는 실용과 가성비를 사랑하는 인간이니깐). 구하기 쉬운 로즈메리를 시작으로 아름다운 보라색 꽃의 라벤더, 모히토를 만들 때 꼭 필요한 애플민트 등 비교적 쉬운 허브부터 향기롭고 맛있는 바질과 루콜라까지…… 허브의 매력에 빠지다 보니 그 종류와 양이 자꾸 늘어갔다. 주로 다년생을 키우지만 일년생도 봄에 심으면 서리 내릴 때까지 자라기에 매년 빼놓지 않고 심는다. 아무리 쌩쌩한 식물이라도 뙤약볕이 내리쬘 땐 꽃 인심이 박한데, 이때 향기로 그 자리를 채워주는 것도 허브다. 돌아볼수록 여러모로 실용적이고 가성비가 좋은 식물이다. 역시 내 마음이 가는 데는 다 이유가 있었던 거다.

어디서든 잘 자라고 궂은 날씨도 잘 견디는 허브지만, 한반도의 장마에는 맥을 못 춘다. 장마 예보가 있으면 지상부를 싹둑 잘라 비와 습기로 잎이 썩는 것을 대비한다. 그리고 그렇게 자른 줄기와 잎으로 허브 리스를 만든다. 동글동글 틀을 따라 허브를 엮어 만든 리스를 아이 방 침

대 위에 살포시 걸어둔다. 직사광선이 닿지 않는 곳에 걸어두면 오랫동안 향기를 맡을 수 있다. 처음의 모양과 색을 유지하는 건 어렵지만, 오히려 변해가는 모습이 자연스러워 좋다.

수수한 보라색 꽃을 가진 블루세이지나 라벤더는 꽃만 잘라 그늘지고 바람 드는 곳에서 잘 말린다. 틈나는 대로 수확해 말리면 양이 꽤 된다. 그렇게 모아놓은 꽃으로 한가한 날 보라색 리스를 만든다. 잘만 말리면 일 년이 넘어도 색을 유지한다. 그리고 조금 바래면 바랜 대로 멋지니 괜찮다.

작은 리스 안에 여름을 담는다. 차가운 겨울바람이 찾아와도, 리스를 보면 여름의 풍경이 눈앞에 펼쳐진다. 눈부신 태양 아래 시끄러운 매미 소리, 살갗에 닿는 따가운 태양, 축축한 비 냄새. 언제든 여름을 소환해 올 수 있는 타임머신이다.

자연이 허락하는 만큼만, 매일 조금씩 ════

════════ 둘째 아이가 아침부터 마당에서 나를 부른다. 매일매일 까매지는 포도를 보더니 기어코 오늘은 따 먹을 요량인가 보다. 포도는 새까만 그믐밤처럼 영글 때까지 기다리라고 할아버지한테 그렇게 들어놓고도 자꾸 보챈다. 아무래도 아이에게는 그 시간이 너무나 길게 느껴지나 보다.

평생 과수원을 하신 아빠 밑에서 자라면서 귀에 못이 박히도록 들은 말이 있다. 약을 치지 않고는 절대 과일다운 과일을 먹을 수 없다는 말이다. 과일나무에 독한 소독과

방제가 필수인 걸 잘 알면서도 청개구리마냥 마당에 과일 나무를 잔뜩 심었더랬다. 약을 치지 않고 기르니 역시나 열매는커녕 나무 자체에 온갖 병과 벌레가 생겼다. 줄초상이 난 사과, 복숭아, 배, 자두나무들은 차례로 뽑혀 나갔다.

자연스럽게 자라라고 내버려 두는 나의 방식은 달콤한 열매를 맺도록 개량된 과일나무에게 너무 가혹했을 터다. 어린아이에게 맨몸으로 전쟁에 나가라는 것과 비슷하달까. 햇빛과 물이 있으니 알아서 자라나 열매를 내어주렴, 하는 건 너무 염치없는 일이었겠지.

그래도 처음 심었던 과일나무 중 살아남은 캠벨 포도나무에서는 매해 열매가 달린다. 파는 것처럼 크고 알알이 가득 찬 포도송이는 아니지만, 꽤 그럴싸하다. 물론 포도를 아주 좋아하는 말벌들이 일단 먹기 시작하면 우리 식구가 먹을 건 얼마 안 남지만…….

졸라대는 아이의 손에 이끌려 나가 가장 까맣고 촘촘한 포도를 한 송이 땄다. 아이 손에 쏙 들어가는 귀여운 크기다. 통통하고 부드러운 아이 손과 닮은 통통한 포도. 한 알을 입에 넣고 톡 터뜨리니, 달콤보다 새콤함이 조금 더 느껴진다. 그래도 어엿한 포도 맛이다. 아이는 직접 딴 포도를 먹는다며 함박웃음을 짓는다.

많이는 아니고, 매일 조금씩 열리는 대로 남겨진 대로 먹는 것. 어느 날은 딸기 한 개를 나눠 먹기도 하고, 포도를 한 알씩 따 먹고, 라즈베리 몇 알을 서로의 입에 넣어주며 그렇게. 자연스럽다는 건 결국 조금은 부족하고 느릿한 게 아닐까. 작은 것들로 자족하는 기쁨을, 나는 여름 한가운데서 아이와 함께 배우고 있다.

더하기보다 빼기가 중요해

봄에 심은 토마토 모종에 지주대만 세워준 후 한참을 모른척했다. 알아서 잘 자라겠지 싶은 마음으로 방치했더니 어느새 아이 키만큼 컸다. 돌보지 못해 미안한 마음으로 늘어진 줄기를 동여매고 곁가지를 친다. 줄기를 자를 때마다 신선한 토마토 향이 확 퍼진다. 곁가지에 달린 아기 토마토는 포기해야 한다. 그래야 살아남은 토마토들이 튼튼하고 크게 자랄 수 있다. 남김없이 모조리 키우려다가는 제대로 된 토마토 하나 보기 힘들다. 선택과 집중이라는 진리는 자연에서도 유효하다.

5년 정도 기른 장미를 올해 드디어 제대로 된 화형으로 보게 되었다. '헤르초킨 크리스티아나Herzogin Christiana'라는 독일 장미다. 동글동글한 화형이 무척 귀엽고 가운데로 갈수록 딸기 우윳빛이 나는 게 매력적이다. 카탈로그에서는 그랬다. 한눈에 반해 정원에 들였는데 이상과 현실은 너무나 달랐다. 몸집은 짐승처럼 크고 꽃 색은 백지장에 가까웠다. 동글동글한 화형이라더니 너풀너풀 제멋대로 피어나서 '이거, 아무래도 오배송 같은데?'라며 심각하게 걱정하기도 했다. 아직 뿌리가 적응을 못 해서 그런가 보다, 내년에는 잘 피겠지, 하며 내년, 또 내년을 기다렸다. 하지만 4년이 흘러도 여전히 색깔은 허여벌겋고 동그란 화형은 나오지 않았다.

그런데 올해는 무슨 일인지 여러 송이가 모여 피는 이 장미에 딱 한 송이씩만 꽃이 달린 줄기가 등장했다. 꽃이 한 송이씩만 달리다 보니 개화도 빨랐다. 그리고 피워낸 꽃은 카탈로그에서 보던 모습 그대로였다! 짚이는 데가 있어, 여러 송이가 달린 줄기에서도 반 정도 꽃송이를 따냈

다. 그동안 아까워 못하던 일이었다. 시간이 지나고 장미들이 본격적으로 피기 시작하는데, 모두 동글동글 딸기 우유색이었다.

그래, 힘들어서 제 색을 못 냈던 거구나. 하나도 포기하지 않고 다 가질 생각을 하니 몽땅 망하는 것이다. 포기할 것은 포기하고 내려놓을 것은 내려놓아야 한다.

식물이 제대로 자라려면 적당한 솎아내기가 필수다. 그래서 정원이 어느 정도 모양을 갖춘 뒤에는 식물을 보태는 '덧셈'보다는 뽑아내고 제거하는 '뺄셈'을 더 자주 하게 된다.

빽빽이 채우기보다 여백을 마련하기. 전력투구보다 감당할 수 있는 만큼 사부작거리기. 시간도 공간도 에너지도, 조금쯤 여유롭게 남겨두기. 정원을 가꾸며 되새긴 세상의 이치다.

세상에서 가장 강한 연약함

======== 어린 시절부터 체력이 약했다. 사람마다 갖고 태어나는 체력이 다를 텐데, 내 체력의 그릇은 간장 종지만 한 것 같다. 한참 배낭여행을 다닐 때는 조금만 걸어도 발이 아팠고, 약국에서 일할 때는 밤마다 허리와 다리가 아파 잠을 이루지 못했다. 밤을 새워 놀아본 적도 없다. 하고 싶은 일이 많지만 하다 보면 숨이 턱턱 막혀 지레 몸을 사렸다. 이게 다 내 간장 종지만 한 체력 때문이라는 걸 최근에야 깨달았다. 꾸준한 운동으로 체력을 약간 늘릴 수는 있어도 나라는 사람 자체를 바꿀 수는 없다는 것도…….

109

심지어 운동도 체력 소모가 심해, 너무 많이 하면 일상생활이 힘들었다. 체력만 된다면 하고 싶은 일, 할 수 있는 일이 너무 많은데 부족한 체력이 원망스러웠다.

작년에 햇빛 가득한 자리에 심어준 '레오나르도 다빈치 Leonardo da Vinci' 장미가 아름답게 피었다. 아름다운 꽃에 취해 가까이 갔는데 잎에 달마시안처럼 검은 점이 빼곡했다. 깜짝 놀라 급히 검색해 보니 유독 흑점병에 취약한 장미란다. 우리 집에는 흑점병으로 유명한 장미가 두 그루 더 있다. '몬 자르뎅 앤 마메종Mon Jardin & Ma Maison'과 '골든 셀러브레이션Golden Celebration'이다. 처음 흑점병이 창궐한 이파리를 봤을 땐 당장 죽는 건 아닌지 기겁했는데 괜한 걱정이었다. 이들은 흑점병에 잘 걸릴 뿐, 결코 쉽게 죽지 않는다. 오히려 흑점병 걸린 잎을 모두 떨구고도 살아남아 계속해서 아름다운 꽃을 피운다.

흑점병에 자주 걸린다는 건, 달리 보면 그럼에도 꿋꿋하게 살아남는 개체가 많다는 뜻이기도 하다. 정말 약하다면

흑점병 한두 번에 자취를 감춰버릴 테니까. 흑점병에 걸린 잎을 달고도 한껏 꽃을 피우는 모습을 보며 '이것 또한 강함이 아닐까?' 싶은 생각이 들었다. 힘겹게 틔워낸 깨끗한 잎은 얼마 뒤 다시 점박이가 되겠지만, 포기하지 않고 또 새잎을 낸다. 희망의 상징 같은 깨끗한 이파리를 보면 가슴이 먹먹해진다. 약한 부분을 받아들이고 가능한 분야에서 최선을 다하는 모습. 우아한 꽃잎과 얼룩진 이파리는 누구나의 삶의 단면일 것이다.

세상은 약육강식을 들먹이며 강해지라 다그치지만, 꾸준한 연약함으로 살아온 나는 그게 전부가 아니라는 걸 안다. 살아남는 전략은 저마다 다르다. 약하게 타고났어도 오뚝이처럼 다시 일어나는 유연함이 있다면 승산은 있다. 연약한 몸으로 치열하게 하루하루 버티는 식물들에게 동병상련을 느끼며 작은 응원을 보낸다.

내 별명은 '홍지프스'

아이들이 새로 붙여준 별명 하나가 있다. 신에게 벌을 받고 산 정상까지 바위를 하염없이 올리는 시지프스. 나는 집에서 시지프스, 아니 '홍지프스'로 불린다. 여름에는 매일이 잡초와의 전쟁이라 수레가 비는 날이 없다. 뒤뚱거리며 수레를 끄는 엄마의 모습이 그렇게 보일 만도 할 테니 인정한다.

정원은 분명 크기가 고정된 공간이지만, 아인슈타인의 상대성 이론처럼 이곳만의 독특한 물리 법칙이 적용되는

듯하다. 정원의 상대성 이론, 이름하여 '고무줄 법칙'이다.

봄에는 심고 싶은 것들이 무궁무진해서 정원이 너무 작다고 느껴진다. 파종한 새싹들을 심을 데가 없어 이리저리 쑤셔 넣고 종종거린다. '이렇게 작은 정원이라니! 제발 정원이 두 배로 넓었으면……' 하고 속으로 투덜거리기까지 한다. 아직 키우고 싶은 장미가 수두룩하고, 달리아는 심지도 못했는데 이미 정원은 포화 상태다. 잔디를 뜯어내고 싶지만 그건 아이들의 반대에 부딪쳐 결코 이룰 수 없는 일이다. 잔디는 뛰어놀 수 있는 자기들의 마지막 공간이라나? 결국 포기하고 남은 꽃을 이리저리 욱여 넣는다.

그러다 여름이 되면 마음이 돌변한다. 여름부터 정원의 흐름은 내 손을 떠나 자기만의 힘으로 굴러가는 듯하다. 잡초들은 뽑고 뒤돌아서면 그새 또 자라 있다. 새벽마다 기습 전투를 감행해도 감당이 안 된다. 정원은 거대한 운동장처럼 넓어진다.

시지프스가 받은 형벌이 극악무도한 점은 무의미한 삶

을 강제한다는 거다. 끝없이 반복되는 의미 없는 일. 버티고 살아남기 위해서는 무의미함을 의미로움으로 바꿔야 한다. 시지프스도 어떤 결의에 찬 얼굴로 바위를 올려 신들을 놀라게 하지 않았던가. 풀 뽑기의 굴레도 내가 어떤 가치를 부여하는지에 따라 괴로울 수도, 즐거울 수도 있다.

생각이 많은 나는 언제나 머리가 시끄럽다. 그런데 잡초를 뽑다 보면 점점 진공 상태가 되며 생각이 사라진다. 움직이는 건 손이요, 잡초 골라내는 건 눈이요, 비어가는 건 머리다. 무념무상의 명상이 이런 게 아닌가 싶다. 무의미한 잡초 뽑기의 굴레가 유의미한 명상이 되는 순간이다.

의미를 찾아내면 그 일이 전보다 더 소중해진다. 계속할 기운도 샘솟는다. 어떻게든 긍정적인 구석을 쥐어 짜낸 감이 있지만, 그 정도는 살짝 눈감고 모른 척해 주시길. 가끔은 알고도 모른 척하는 게 어른의 미덕이잖아요……

Chapter 3.

가을,

깊고
너그러운
찰나의 계절

in the autumn

한창 피어난 꽃 위로

무심하게 내려앉은 첫서리.

비닐로 덮어줄까 고민하다가

자연의 섭리를 겸허히 따르기로 한다.

붙잡고 싶은 가을이 아까워

급히 사진을 찍고

오며 가며 눈 맞춤 하는 중.

디는 보채지 않을 테니

조금만 천천히 지나가 주길.

쉬운 길을 두고 굳이 둘러 가는 이유

식물에도 영혼의 단짝이 있다면 아마도 그 자리는 벌레가 차지하지 않을까? 벌레는 가드너의 숙적이다. 새싹은 새싹이라서, 꽃은 꽃이라서, 열매는 열매라서 들끓으니 매일이 골치다. 가끔은 내가 벌레까지 1+1 패키지 상품을 샀나 싶다. 벌레 자체에 원한은 없지만 벌레가 병을 부르니 어쩔 수 없다, 맞서 싸울 수밖에. 가장 쉬운 해결책은 농약을 뿌리는 것인데, 그 방법은 썩 내키지 않는다. 벌레뿐 아니라 토양 속 미생물까지 깡그리 죽을 수도 있기 때문이다.

땅속에는 수만 가지 미생물이 있다. 흙을 한 숟가락 뜨면 그 안에 든 미생물이 수만 개에 이를 정도다. 미생물과 지렁이, 땅벌레는 땅속 어머니나 다름없다. 어머니가 자식에게 요리를 해주는 것처럼 땅속 영양분을 먹기 좋게 분해해 준다. 미생물이 없다면 땅을 토대로 살아가는 식물, 식물을 섭취해 에너지를 얻는 동물, 마지막으로 우리 인간까지 건강하게 살아가기 어렵다. 자연은 각자 도생하는 '적자생존' 시스템이 아니라 '공존' 시스템으로 돌아간다. 모두가 연결되어 서로에게 영향을 미치니 어느 것 하나 소중하지 않은 게 없다.

정원은 정원사가 만드는 인공적인 공간이지만, 자연에 기대어 생명을 성장시키는 곳이다. 벌레나 병원균이 있는 게 당연하다. 그것 또한 자연의 일부니까. 그러니 박멸에 신경을 곤두세우기보다 식물 자체의 면역력을 기르는 데 집중하는 게 낫다. 해충의 공격을 받고 병원균에 감염돼도 식물 스스로 이겨낼 힘을 키우는 거다.

처음 정원을 만들 때부터 화학물질을 최대한 배제하기로 결심했다. 쉬운 화학 비료보다 냄새나고 귀찮은 퇴비를 선택한다. 퇴비는 미생물의 먹이가 되어 땅속을 더 비옥하게 만들어주기 때문이다. 중간중간 액체 비료가 필요하면 음식물을 발효해 만든 EM보카시 액을 활용한다. 땅속 생물들이 건강히 살길 바라면서……. 진딧물이 보이면 바로바로 엄지와 검지로 꾹 눌러 죽인다. 처음에는 장갑을 끼고 했는데, 시간이 흐르니 맨손으로도 할 수 있게 되었다. 식물의 신선한 즙을 잔뜩 빨아 먹어 그런지 진딧물을 톡톡 터뜨릴 때 손가락 끝이 다 시원해진다. 초록으로 물든 엄지와 검지를 보며 '그린 썸'이 되었다며 혼자 킥킥대며 웃기도 한다.

한번은 양배추에 붙은 애벌레를 손으로 하나하나 잡은 적이 있다. 아이들까지 동원해 잡았는데 100마리는 족히 넘었던 것 같다. 말랑말랑 부드러운 애벌레를 차마 죽이지는 못해 곤충채집통에 모아 두고는 까맣게 잊었다. 그리고 며칠이나 흘렀을까. 푸드득 소리에 문득 돌아보니 채집통에 배추흰나비가 가득한 게 아닌가! 급히 아이들을 불러 정원 한가운데로 나섰다. 조심스레 뚜껑을 여니 나비 수십 마리가 하늘하늘 날아올라 정원을 가득 채웠다. 황홀하고 신비로운 경험이었다.

나는 농약을 아예 쓰지 말자는 강경파는 아니다. 단지, 각자 감당할 수 있는 만큼 감당해 보자는 얘기다. 이 정도 벌레쯤이야, 하고 넘긴다든가 조금 지저분한 것도 자연스러운 아름다움이라며 봐준다든가. 완벽한 공간을 만들려 하지 말고 한발 물러서면 어떨까. 정원 전체의 생태계를 위해 약간 져주기도 하는 거다. 이파리를 무시무시하게 갉아먹는 애벌레도 몇몇은 살아남아 배추흰나비가 되어야 생태계가 제대로 돌아갈 테니까. 그런 마음이 모이고 모이면 조금 더 나은 환경이 될 거라 믿는다. 답답하고 느릿한 길이지만, 자연의 구성원으로서 나는 이 길을 고집하고 싶다.

적당한 마음, 단단한 마음 ═══════════

─────── 아빠는 평생 농사를 지으셨다. 8남매 중 여섯째였지만 누군가는 시골을 지켜야 한다며 부모님 곁에서 시골 생활을 자처하셨다. 농사로 먹고사는 건 쉽지 않은 일이었지만 아빠는 땅을 지킨다는 데 자부심을 느끼셨다.

오랫동안 과수원을 하신 아빠. 과일에 벌레나 병이 생기면 가족을 먹여 살릴 수 없기에 농약을 뿌려야만 했다. 수목 '소독'을 한 번 하고 나면 다음 날까지 한참을 힘들어하셨다. 방바닥에 'PAM'이라고 쓰인 약이 굴러다니던 기억이 선명한데, 약학을 공부하며 그게 농약 해독제라는 걸 알게 됐다. 아빠는 나이가 드신 후 여러 질병으로 힘들어하셨다. 과학적 근거가 분명치는 않지만, 나는 농약이 분명히 영향을 미쳤을 거라 생각한다.

요즘 농약은 옛날과 달리 선택적으로 작용하니 안전하다고들 한다. 그러나 약사인 나는 모든 약에 부작용이 반드시 존재한다는 것을 안다. 아무리 좋은 약이라도 부작용은 있다. 약을 볼 때 부작용에 눈이 먼저 가는 직업이라 그럴지도 모르지만, 무조건 좋은 약, 안전한 약이라는 말에 나는 찬성할 수 없다. 특히나 그 말이 농약에 붙는다면 그게 누구를 위한 안전인지도 한번 생각해 볼 일이다.

아빠는 딱 환갑에 농부 은퇴를 하셨다. 막내인 내가 대학을 졸업하면 절대 과수원을 하지 않을 거라 했는데, 정말 단호하게 그만두셨다. 상품 생산형 농사를 그만두신 후에는 취미 삼아 정원과 텃밭을 가꾸셨다. 원하던 대로 농약도 치지 않고, 혹여 치더라도 정말 필요한 데만 조금씩 치

면서, 자연 친화적으로 작물을 기르셨다. 이제는 반질반질한 상품을 만들어낼 필요는 없으니깐. 그 공간은 나의 정원처럼 오로지 아빠를 위한 사적인 공간이었다. 그곳에 발을 디디면 아직도 아빠의 흥분된 목소리가 들리는 듯하다.

"수박이 아주 예쁘게 하나 달렸어. 애들하고 가서 구경해 보자. 아빠가 따줄게."

"다음 수박은 일주일 뒤에 따면 될 거 같다."

"진영아, 토마토 좀 가서 봐라. 얼마나 예쁘게 달렸는지 모른다."

아빠는 하나하나 언제 익을지 들여다보다 맛있게 익을 즈음에 우리를 부르셨다. 아이들은 텃밭에서 귀여운 수박을 구경했다. 작은 수박과 함께 아이 머리통만 한 수박들이 가지런히 놓여 있었다. 겉으로는 다 똑같은데, 아빠는 신기하게도 언제가 가장 맛있는지 잘 알고 계셨다. 아빠의 텃밭에서는 뭐든 잘 자랐다. 고구마도, 옥수수도, 토마토도, 수박도 모두모두 예쁘고 유난히 맛있었다. 아이들이

"또 없어요?" 하고 조르면 이렇게 대답하셨다.

"적당히 길러서 적당히 먹자. 너무 많으면 맛없어. 허허."

뭐든 자연스럽게, 조금 부족하게. 자연에 순응하며 살아가는 방식을 나는 아빠를 통해 배웠다. 지금도 나는 되도록 정원에 약을 안 치려고 노력한다. 벌레도 병도 많이 생기지만, 그럼에도 정원이 망가지지 않을 거라는 믿음이 내 안에 있다.

계절이 보이는 논세권, 어떠세요? ══════════

══════════ 결혼 후 처음 집을 구할 때 고려한 조건은 첫째도 둘째도 역세권이었다. 역에서 멀어질수록 치열한 속도 경쟁에서 밀려나는 것 같아 불안했다. 백화점이나 식당과 가까운 곳, 필요한 것을 빠르게 얻을 수 있는 곳을 최우선으로 골랐다. 지하철을 코앞에 둔 고층 오피스텔이 시골 아가씨의 첫 서울 집이 됐다.

역세권은 예상대로 편리하고 효율적이었다. 5분만 걸어가면 지하철을 타고 어디든 갈 수 있고 뭐든 상점가에서

살 수 있었다. 그런데 계속 살다 보니 썩 좋지만은 않았다. 극도로 편리했지만 편안함과 안정감은 느껴지지 않는달까. 한참을 엘리베이터를 타고 내려오면 온통 굳은 얼굴로 바쁘게 걷는 사람뿐이다. 한강이 근처라 좋아했지만, 그곳까지 가려면 매연과 시끄러운 차 소리를 감내해야 해서 몇 번 가지도 못했다. 나는 금세 초록이 그리워졌다. 회색 시멘트가 아니라 푸르른 숲이 보고 싶었다. 차 소리와 지하철 소리가 아닌 새소리를 듣고 싶었다.

생각의 변화가 생긴 후로도 관성처럼 도시에 머무르며 몇 번의 이사를 거쳤다. 아이들을 위해서라도 도시에 스며들고 싶었지만 마음은 늘 겉돌았다. 초록에 대한 열망을 더 이상 참지 못할 때쯤, 과감히 도시 생활을 청산하기로 결심했다. 도시를 떠날 결심을 한 번 입 밖에 내자, 그 후의 일은 일사천리로 진행됐다. 정신을 차려보니 나는 이름도 생소한 '논세권'에 살게 되었다.

도시를 떠나 새롭게 지은 우리 집은 앞뜰 너머로 널따

란 논이 펼쳐진 논세권이다. 시골에서 나고 자란 나이지만, 이렇게 논 풍경을 배경으로 사는 건 처음이다. 부엌 창으로는 언제나 논이 보인다. 주인에 따라 모양이 다른 밭과 달리, 논은 언제 어디서든 비슷한 모습이다. 오로지 벼만을 밀집해 심어두기 때문에 언뜻 보면 지루하게 보이기도 한다. 하지만 곁에 터를 잡고 지켜보니 논처럼 사계절 내내 역동적인 계절감을 내뿜는 장소도 드물지 않나 싶다.

푸릇푸릇한 모가 심어지는 봄, 개구리가 시끄럽게 우는 여름을 거쳐 가을에 도달하면 분위기는 정점을 찍는다. 푸르던 모습은 자취를 감추고 어느덧 황금빛 물결이 일렁인다. 거대한 물결이 바다처럼 끝없이 출렁이는 모습은 그야말로 장관이다. 가을만 되면 둘째는 포근한 이부자리가 깔린 논에 눕고 싶다고 한다.

가을걷이가 한창인 논을 보면 괜스레 마음까지 넉넉해진다. 봄과 여름을 성실하게 보냈다는 뿌듯함, 다가올 겨울이 두렵지 않은 든든함. 내 땀 흘려 돌본 내 논도 아닌데 다짜고짜 가슴이 벅차오른다.

해가 뉘엿하게 지는 늦은 오후, 식탁에 앉아 가만히 창밖을 내다본다. 네모난 창을 캔버스 삼아 논을 바라보면 계절의 한가운데에 있는 듯하다. 드디어 땅에 발을 붙이고 살아가게 됐다는 걸 생생하게 실감한다. 내게 평온함과 안정감의 원천은, 천천히 계절을 응시하는 일인지도 모르겠다.

정원 속의 복불복 게임 ===========

========= 예능 프로그램에 자주 등장하는 '복불복' 게임은 벌칙을 운명에 맡기는 것이다. 결과가 전혀 예측되지 않기에 긴장감이 감돈다. 정원에도 비슷한 복불복 게임이 존재한다. 이 게임에서는 다행히 벌칙을 받는 사람이 없다. 다만 환희에 가득 찬 가드너와 다소 실망하는 가드너만 있을 뿐이다.

나는 달리아를 무척 좋아한다. 남미가 원산지인 이 꽃을, 유럽인들은 고구마처럼 식량으로 쓰려고 들여왔다고

한다(솔직히 뿌리만 보면 고구마랑 거의 비슷하다). 호기심에 못 이겨 살짝 맛보았는데 영 맛이 없었다. 유럽인들도 입맛이 비슷했는지 식자재로서는 단박에 인기를 잃은 듯하다. 덕분이라고 하기엔 뭣하지만, 그 후 달리아의 화려하고 풍성한 꽃이 각광받으며 미각보다 시각적으로 사랑받는 존재가 되었다. 워낙 인기가 많다 보니 지금은 수많은 개량종이 나와 14,000가지에 달하는 달리아가 아름다움을 뽐낸다.

다양한 색깔, 다양한 화형을 가진 화려한 꽃. 특히나 은은한 매력을 뽐내는 연한 색상에 나는 눈을 떼지 못하고 푹 빠졌다. 한국에서는 구하기도 어려운 품종을 야금야금 모으는 중인데, 모아도 모아도 갈증이 해소되지 않는다. 집착을 부른다는 점에서는 장미와 비슷한 듯하다.

달리아는 한국의 겨울을 나지 못하므로 뿌리를 캐서 보관하다 봄에 다시 심어야 한다. 꽤나 치명적인 단점이지만, 그것만 극복하면 풍성한 꽃을 볼 수 있으니 작은 수고로움쯤이야. 애정이 가면 단점에도 너그러워지는 법이다.

어느 해 어렵게 구한 달리아에 씨앗이 알알이 여물었다. 혹시나 비슷한 개체가 나올까 싶어 씨앗을 심었더니 영판 다른 모습이 나왔다. 씨를 받아 키운 달리아는 엄마와 다른 모습으로 태어난다. 부모의 성질이 씨앗으로는 잘 남지 않는 모양이다. 벌들의 장난질도 한몫할 테고. 하지만 그 점이 바로 복불복의 매력이다. 어떤 색, 어떤 모양의 꽃이 나올지 전혀 알 수가 없다는 점!

예측할 수 없어 답답하다는 사람도 있겠지만, 나는 미지의 기다림이 달리아 파종의 색다른 매력이라고 생각한다. 예측이 맞아떨어질 때의 희열, 빗나갈 때의 어처구니없는 헛웃음. 육종가들이 심혈을 기울여 만들어낸 개체만큼 아름다운 아이는 좀처럼 탄생하지 않지만, 그래도 자세히 들여다보면 모두 소박하고 귀여운 맛이 있다. 내 손으로 길러낸 뜻밖의 달리아, 아마도 세상에 단 하나뿐일 아기 달리아가 점점 더 좋아진다.

미지의 아름다움이 피어나는 순간이, 나에게는 특별한 복불복의 선물이다. 아니, '복복복'의 선물인가?

아빠의 작은 정원 ====

==== 아빠가 병원에 급하게 입원하셨다. 경황이 없어 물건도 못 챙겼다며, 엄마가 몇 가지 리스트를 넘겨주고 집에 다녀오라셨다. 생필품과 간호 물품이 적힌 쪽지를 들고, 주인 없는 집에 들어섰다. 한 번도 그런 적이 없는데 그날따라 집 안 공기가 너무도 서늘하게 느껴졌다. 필요한 것들을 정신없이 주워 담고 집을 나서려는 순간, 무언가 나의 시선을 잡아끌었다. 정원에 핀 소담한 꽃. 나는 홀린 것처럼 발걸음을 돌렸다.

아빠의 작은 정원은 쓸쓸하게 집을 지키고 있었다. 누가 돌봐주지도 않았는데 기특하게도 생명력이 넘쳤다. 한창 잎을 틔운 튤립과 수선화부터 눈에 들어왔다. 지난 가을, 아빠를 위해 내가 메마른 땅을 파고 심어둔 거다. 직접 보시기를 바랐는데……. 투병 중인 아빠를 기다리며 주어진 공간을 묵묵히 감당하는 작은 정원에서, 나는 하염없이 눈물을 삼켰다.

내 기억 속의 아빠는 정원에서 언제나 엷은 미소를 짓고 계셨다. 아빠에게 정원은 쳇바퀴 도는 농사일에서 벗어나 잠시나마 낭만을 느끼는 공간이었다. 아빠를 쏙 뺀 막둥이 딸도 운명처럼 정원을 꾸리게 됐다. 도시에서 살던 딸이 갑자기 고향으로 내려와 정원을 만들 때, 아빠는 아무것도 묻지 않고 든든한 지원군이 되어주셨다. 초보 가드너는 아무것도 몰라 좌충우돌하기 마련이다. 문제가 생길 때마다 나는 아빠에게 전화해서 물어보기도 하고, 쪼르르 달려가 노하우를 배워 오기도 했다. 아빠에게 전수받은 특급 지식을, 나는 아빠의 정원 수첩이라 부른다. 아빠가 떠나신 지금은 이 수첩과 정원만이 유산처럼 남겨졌다.

정원 동지가 된 나에게, 아빠는 꾸준히 식물을 선물해 주셨다. 솔직히 그다지 반갑지는 않았다. 아빠의 선물로 내 정원의 미감이 떨어질까 걱정됐기 때문이다. 명자나무의 빨간색은 너무 촌스럽고, 똑같이 하얀 꽃이라면 아빠가 준 불두화보다는 애나벨 수국이나 목수국이 더 세련되어 보였다. 그래도 딸에게 주겠다며 큰 나무 옆 새끼 나무를 힘들게 파주시는데, 차마 거절할 수가 없었다. 일단 받아 와서는 정원 한구석 잘 보이지 않는 곳에 심었다. 관리도 설렁설렁했다. 그런데도 이 아이들은 굳건하게 뿌리를 내리고 씩씩하게 자랐다. 정원살이 7년차, 이제 흔한 꽃이 촌스럽다는 어리석은 생각에서 벗어났다. 아빠가 주신 '흔한' 나무는 이제 세상에 하나밖에 없는 '특별한' 나무가 되었다.

아빠의 암 투병이 막바지에 접어들었을 때, 다시 아빠의 정원을 찾았다. 홀로 서성이며 한참을 고민하다가 자주달개비와 패모를 하나씩 팠다. 평소 아빠가 준다고 해도

고사하던 꽃이었는데, 그날따라 눈에 들어왔다. 한 뿌리씩 캐낸 모종을 소중히 들고 와 아빠가 선물한 불두화 아래에 심었다. 어느새 내 정원 안에 아빠의 화단이 생겼다.

지금도 우리 정원엔 아빠가 주신 꽃과 나무가 계절마다 피어난다. 이 세상 무엇보다 소중한, 살아 있는 유산이다. 아빠의 정원에서 딸의 정원까지 생명을 이어온 이 식물은 우리 정원의 또 다른 역사가 될 것이다. 흐드러지게 피어난 자주달개비를 쓰다듬으며, 오늘도 나는 아빠를 생각한다.

비료에 의존하지 마라.

물을 너무 자주 주지 마라.

비는 보약이다.

너무 자주 새싹을 들여다보지 마라. 안 자란다.

나무는 봄보다 가을에 심어야 더 잘 산다.

농약을 치면서 너무 깨끗이 기르려 하지 말고

주어진 대로 길러라.

벌레도 다 먹고살려고 그러는 거다. 좀 봐주렴.

너무 급하게 하지 마라.

내가 급하다고 자연의 시간이 나를

따라오는 건 아니다.

모두 때가 되어야 한다.

좌절에서 얻은 희망

봄부터 몸이 말이 아니었다. 아빠가 암 투병을 하시는 동안, 힘을 내어 애써 밝은 척하며 버텼다. 내내 곁을 지켰지만 아빠에게 드리운 죽음의 그림자는 점점 짙어만 갔다. 무기력해졌다가, 화가 났다가, 슬펐다가, 누구든 잡고 하소연하고 싶다가, 세상에 분통을 터뜨리고 싶어지는 비정상적인 상태가 이어졌다. 순응하고 받아들여야 하는 걸 거부하고 뻣뻣하게 버텨 그런지 몸에서 힘이 모두 빠져나갔고, 아무런 의욕도 없었다.

정원이 가장 아름답던 5월의 어느 날, 아빠는 멀리멀리 하늘로 떠나셨다. 하루하루 새로운 장미가 피고 작약이 흐드러지는 아름다운 계절, 나는 한참을 정원에 나서지 못했다. 반쯤 넋이 나가 있었다. 곧 괜찮아지겠지. 조금 쉬면 나아지겠지. 그러나 쉬고 또 쉬어도 상태는 호전되지 않았다. 얼른 정신을 차려야 하는데 몸도 마음도 가라앉기만 하니 조바심이 났다. 버둥댈수록 점점 더 깊이 빠지는 늪 같았다. 산뜻하게 포기하고 받아들이면 더 이상 빠지지도 않을 테고, 힘도 덜 들 텐데…….

　　그해 여름은 유난히 비가 많이 오고 무더웠다. 습하고 더운 날씨에 주인의 무관심까지 겹쳐 정원은 생명력을 잃어갔다. 벌레가 가득 끼고 병든 나무는 시들해졌고 급기야 죽는 것도 생겼다. 축축한 소나기와 여름 땡볕에 초화류는 녹아내려 자취를 감췄다. 목련 잎은 까매져 하나둘 떨어지고, 연분홍색 샐릭스 이파리는 누렇게 떠버렸다.

　　정원의 생명체가 제각기 고군분투하는 동안, 나는 정원

의 '정' 자도 생각하지 않았다. 아예 등을 돌리고 정원의 모든 것을 차단했다. 마음이 돌아오지 않으면 깔끔히 그만둘 생각이었다. 작은 스마트 텔레비전을 구입하고(집에 티브이가 생긴다고 제일 기뻐한 건 아이들이었다) 매일 드라마를 봤다. 그동안 지겨워서 보다 말다 했던 드라마도 어쩐 일인지 끝까지 볼 수 있었다. 드라마 속 다양한 삶을 보면 내 삶 또한 그리 특별한 게 아니라고 덮어둘 수 있었다.

뜨거운 여름이 가고 가을마저 다 지나갈 무렵에야 정원을 마주했다. 완전히 엉망이었다. 화단에는 풀이 가득했고 늦은 봄 간신히 심어둔 백일홍과 코스모스는 모조리 죽어 있었다. 장미에는 송충이가 들끓어 남아난 잎이 없었다. 작업복을 입고 장화를 신은 뒤, 정원인지 풀밭인지 모를 곳에 털썩 주저앉아 풀을 뽑았다. 내 마음이 어디까지 왔나 시험해 보고 싶었다. 덩치가 커진 풀은 몇 개만 뽑아도 금세 수레를 채웠다. 숨이 차면서 머리가 맑아졌다. 가슴 밑바닥에서 익숙한 느낌이 올라왔다. 흙냄새, 땀 냄새, 풀 냄새. 나도 모르게 깊은숨을 몰아쉬었다.

'아, 이 느낌이 너무 그리웠어.'

만신창이의 모습으로, 똑같이 만신창이가 된 나를 기다려준 정원. 내가 지켜야 할 것들이 역으로 나를 지켜주고 있었다. 나도 이곳을 지키고 싶어, 끝까지 지켜주고 싶어. 그 마음이 나를 움직이게 했다. 정원일은 누군가가 건넨 가느다란 희망의 막대기였다. 그걸 잡고 천천히 조금씩 헤어나는 건 내게 남겨진 몫이다.

소중한 사람을 잃는 고통은 누구도 피할 수 없는 인생의 절댓값이다. 상실감에 당당히 맞서는 사람이 몇이나 될까. 한 방 맞고 쓰러지는 이가 부지기수일 거다. 그럴 때 일어나려고 안간힘을 써봤자 헛수고다. 언젠가 다시 카운터펀치를 맞는 날이 오면, 나는 잠시 죽은 듯 쓰러져 있을 테다. 그사이 없어질 것들이라면 애초에 내 것이 아닌 거다. 놓아야 할 것들은 산뜻하게 놓은 뒤, 또 무언가를 지키기 위해 일어서겠지. 언젠가는 그날조차 웃으며 이야기할 때가 올 거다. 지금껏 그랬듯, 앞으로도.

갓 딴 채소를 먹는 기쁨

맨 처음 내게 기쁨을 준 식물은 꽃이 아니라 채소였다. 상추, 고추, 오이, 호박, 토마토……. 아이들과 함께 모종을 예쁘게 줄지어 심었다. 많이 심지는 않았다. 우리 네 식구 먹을 정도면 되니 아이들 소꿉장난하듯 심어도 충분했다. 따로 비닐 멀칭을 하지 않고 깎은 잔디나 나뭇잎 같은 걸 덮어주어도 쑥쑥 잘 자라났다. 꽃밭 구석에서 채소를 잘라 요리할 때면 나도 참 엄마를 많이 닮았구나 싶어 웃음이 난다.

엄마는 부엌에서 식사 준비를 하다 말고 식칼을 든 채로 현관문을 뛰쳐나가곤 했다. 처음 보는 사람들은 놀라겠지만 우리에게는 그냥 일상이었다. 집 옆 텃밭에 장을 보러 가는 것뿐이니. 텃밭에는 상추, 고추, 파, 토마토, 참외, 옥수수, 수박, 땅콩, 감자 등 없는 게 없었다. 시골에서는 텃밭에 뭐든 한가득 심지만, 아빠는 우리 식구 먹을 만큼만 조금씩 다양하게 심으셨다. 지나가는 어른들도 우리 텃밭에 멈춰서서는 "거 참 재밌게 기르시네." 하고 웃으셨다. 방금 뜯어 온 파와 고추를 넣고 집 된장으로 끓인 칼칼한 된장찌개에 갓 딴 상추와 오이. 당시에는 흔한 맛이었지만, 내가 엄마가 되어 살림을 해보니 쉽게 내기 어려운 맛이다. 특히나 도시에서는.

·

주택에 살고 제일 먼저 채소부터 심은 걸 보면, 아마 내 몸속 깊숙이 부모님의 모습이 새겨져 있었나 보다. 식칼을 들고 마당으로 나가면 왠지 내가 만든 음식에도 엄마 맛이 우러날 것만 같다. 실제로 갓 딴 상추와 고추, 오이에는 마트의 고급 상품에서도 느낄 수 없는 생생한 맛과 향이 깃

들어 있다. 어린 시절 흔하게 먹던 제철 채소가 이렇게 귀한 것이었다니.

　나는 겨울을 지내고 봄에 새롭게 올라온 상추를 가장 좋아한다. 쌉싸래한 상추에 밥을 얹고 쌈장이 아닌 고추장을 올려 쌈을 싸 먹으면 그 어떤 진수성찬도 부럽지 않다. 아직 여린 고추를 따 와 고추장에 찍어 먹는 것도 좋다. 채소 자체를 즐기는 나의 '올드한' 식성 때문에 우리 가족 모두 자연 그대로의 맛을 즐기게 됐다.

　루콜라나 바질, 민트 같은 허브도 길러 먹는다. 시골 마트에서 구하기 어려운 식재료라 길러 먹는 게 최고다. 루콜라로 샐러드도 만들고, 샌드위치도 만든다. 피자에 흩뿌려도 좋다(심지어 루콜라는 꽃도 예쁘다! 먹으면서 꽃을 즐기는 재미까지!). 바질이 나기 시작하면 모차렐라치즈를 사 와 카프레제 샐러드를 해 먹는다. 간단하면서도 근사한 요리다. 바질이 넘쳐날 때는 바질페스토를 만드는데, 집에서 딴 바질은 향이 특히 강해 페스토로 제격이다.

이렇게 쓰고 보니 엄청난 농사꾼에 요리도 잘하는 것 같지만, 사실 특별한 요리 실력이 없어도 누구나 할 수 있는 것들이다. 심어만 놔도 잘 자라는 재료로 손이 덜 가는 음식을 만들어 그럴싸하게 전시하는 건 게으른 나의 특기다. 흠, 아직은 아이들도 속아주는 것 같으니 맛은 자연에 맡기고 조금만 더 잘난 척해 보련다.

언제나 조금씩은 아쉬운 계절

시원한 바람이 분다 싶었는데 며칠 사이 아침저녁으로 쌀쌀해졌다. 가을은 언제나 짧고 아쉽기만 하다. 완벽한 날씨가 금세 끝나 버릴 것만 같은 두려움이 차가운 공기와 함께 스멀스멀 올라온다. 가을 된서리에 대한 두려움이다. 서리만 늦게 오면 아름다운 가을을 더 길게 즐길 텐데. 안 그래도 아쉬운 가을이 서리 때문에 더 일찍 끝나는 기분이다. 된서리가 내린 후 언제 그랬냐는 듯 따뜻한 날씨가 지속되면 하늘을 향해 원망스러운 한숨을 내뱉게 된다.

달리아는 여름 내내 고온다습한 기후에 허덕이다가 가을 바람이 불면 정신을 차리고 아름다운 꽃을 피운다. 장미도 마찬가지다. 가을은 많은 꽃이 피지는 않지만, 달리아와 장미처럼 크고 화려한 꽃들이 더욱 깊은 색으로 그윽하게 피어 봄날과는 사뭇 다른 느낌을 자아낸다. 흔한 백일홍마저 가을 한 스푼을 얹으면 색이 더 깊고 진해진다. 특유의 찬 공기와 따스한 햇살의 미묘한 균형은 빛나는 가을 정원의 일등 공신이다. 그런데 찬 공기가 너무 일찍 세를 잡으면 균형이 깨지며 서리가 내려버리는 거다.

아직 한창인 꽃에 설탕 가루 같은 서리가 앉은 아침이면 딴 세상에 온 것처럼 황홀하다. 일 년 중 가장 아름다운 날이 아닐까 싶다. 화려한 이별의 서막이다. 낮이 되면 반짝이던 마법 가루는 사라지고 아름답게 빛나던 식물들이 한순간 색을 잃는다. 그럼 안녕이다. 아직 추위가 가시지 않은 봄날, 딱딱한 땅을 뚫고 올라오며 시작된 정원은 서리로 절정을 맞고 막을 내린다.

아쉽지만 끝이 있어야 새로운 시작이 있는 법. 끝이 없었다면 벌써 질려 나가떨어졌을 거다. 가을의 서리는 모든 걸 마무리하고 새로 시작하라는 신호다. 그래서 정원의 사계를 말할 때는 가을부터 시작하곤 한다. 올해의 꽃과 열매는 끝이지만, 내년을 위한 파종과 구근 식재는 비로소 시작이니까.

Chapter 4.

겨울,
차곡차곡
정원에
봄을 저금합니다

in the winter

시간이 멈춘 것처럼
모든 것이 일시 정지한다.
초겨울 정원은 겨울잠에 빠져
고요하게 가라앉는다.

추위를 온전히 느낄 수 있어
오히려 감각이 또렷해지는 계절.
완전한 쉼이 주는
고요, 충전, 따뜻함.

겨울 마당에서 즐기는
눈사람과 이글루.
반짝이는 추억은 눈처럼 쌓여
아이들 몸에 녹아들겠지.

이토록 친숙한 계절의 냄새

"엄마 겨울 냄새가 나요"

아이가 창문을 열더니 마당에 있는 내게 말을 걸었다.

"겨울 냄새가 뭔데?"

살짝 놀라 물었더니 기운차게 대답한다.

"이 냄새요! 차가우면서 나무 타는 향이 조금 있어요. 이 냄새가 나면 내가 제일 좋아하는 겨울이에요!"

아이는 신나게 재잘거리더니 차가운 공기를 한껏 들이 켠다.

겨울 냄새는 나만 아는 줄 알았는데, 어느새 아이도 깨우쳤다니. 새삼 주택에 오길 잘했다는 생각이 든다. 아이와 내가 30년의 시공간을 넘어 같은 감각을 공유한다는 건 꽤나 감동적인 일이다. 차원을 넘어 연결된 것 같아 어쩐지 뭉클하기도 하고.

시골에서 나고 자란 나는 계절이 바뀔 때마다 나는 냄새에 익숙하다. 계절마다 온도와 빛깔이 다르듯 고유의 냄새가 따로 있다. 아침마다 정원에 나가 길게 숨을 들이쉬면 그 계절만의 냄새가 난다. 계절이 바뀌어 다른 계절로 넘어갈 때면 그 내음은 더 강하게 느껴진다.

봄의 흙냄새, 농익은 여름의 뜨거운 냄새, 메마른 가을 냄새를 거치면 코끝이 찡한 겨울 냄새가 찾아온다. 코가 시릴 정도로 차가운 공기 속에 나무 타는 내음이 살짝 섞인 냄새. 나도 우리 아이처럼 이 냄새를 무척 좋아했다.

무슨 강한 결의가 있어 집을 지은 건 아니다. 어쩌다 보니 이렇게 되었다는 설명이 더 맞을 거다. 그런데도 가끔

은 내가 엉겁결에 잠시 득도해 옳은 답을 고른 것만 같다
는 생각이 든다. 덕분에 아빠와 마지막까지 함께할 수 있
었고, 아이들과 남편과도 더 살갑게 지내게 되었다. 무언가
를 증명하며 이루어야 한다는 압박감에서 많이 벗어났고,
나라는 존재 자체를 사랑하게 됐다.

아, 나는 이런 삶을 살고 싶었던 거구나. 저지르고 나서
비로소 알아챘다. 아이와 겨울 냄새를 맡는 아침, 움직인 만
큼 얻는 것들, 부족함을 결핍이 아닌 여백으로 받아들이는
마음, 결과가 아닌 과정에 충실한 매일.

이제 어떠한 문제에도 신경을 곤두세우지 않기로 했다.
한 번 옳은 답을 골랐으니 앞으로도 괜찮은 답을 낼 수 있
겠지. 하나의 문제에 무수한 정답이 존재할 수 있다는 걸
정원은 알려주었다. 내 삶에도 수많은 정답이 있을 테니, 더
더욱 걱정하지 않는다. 혹여 오답을 고르더라도 상관없다.
거기서도 배울 점이 있을 테니까.

이 답을 내기까지 참 오랜 세월이 걸렸다.

토닥토닥, 거름 덮고 겨우내 잘 자기를

된서리가 오고 단풍이 모두 떨어진 겨울의 초입, 마당으로 나와 퇴비를 뿌린다. 이번에 공수한 퇴비는 거의 스페셜 등급이다. 퇴비는 오래 묵을수록 좋은데 무려 2년이나 숙성한 거다. 시아버지께서 사과 과수원에 뿌리신다고 정성스레 만드신 걸 홀랑 가로채 왔다. 일 끝나자마자 달려와 퇴비 어디 있냐는 며느리를 바라보는 황당하신 표정이란……. 물론 아랑곳하지 않고 작은 차 가득 퇴비를 실어 왔다. 아버님, 정말 감사합니다!

아무것도 모르고 시작한 정원일 중 가장 후회되는 건 땅을 만들지 않은 것이다. 나는 그냥 땅만 있으면 뭐든 잘 자랄 거라 생각했다. 그러나 땅도 다 같은 땅이 아니었다. 특히나 우리 땅은 미생물이라고는 하나도 없는 딱딱한 무기물 덩어리였다. 적당한 공기(폭신한 흙)와 여러 유기물이 있어야 미생물이 살기 좋고, 식물도 살기 좋다. 딱딱해서 호미도 잘 들어가지 않는 땅은 식물에게는 너무나도 가혹한 환경이다. 여기서 살라는 건 사막에서 꽃 피우라는 얘기와 마찬가지다.

지금으로부터 딱 7년 전으로 돌아갈 수만 있다면, 공사가 끝나고 마당에 아직 기계가 들어올 수 있을 때 흙을 완전히 뒤엎고 싶다. 배수가 잘되게 마사토도 붓고, 부엽토와 피트모스 같은 부드러운 유기물들도 잔뜩 넣어야지. 잘 숙성된 퇴비까지 곁들이면 뭘 심어도 쑥쑥 자라는 땅이 될 거야. 행복한 상상을 하지만 지나간 시간을 되돌릴 수는 없다.

그래서 좋은 퇴비라도 두툼히 올려주려고 한다. 땅속

까지 영양분이 닿을지 모르겠지만, 꽃과 나무를 심은 땅을 이제 와 뒤엎을 수는 없으니 위에라도 뿌린다. 시아버지의 귀한 퇴비를 강탈해 온 것도 어떻게든 땅을 살려보려는 간절한 의지다. 퇴비 하나로 완전히 땅이 바뀌지는 않지만, 유기물과 미생물, 그리고 강인한 야생화로 인해 땅은 조금씩 변해 가고 있다. 시간이 걸리기는 하나, 정원은 살아 있는 공간이니 언제든 변할 수 있을 거다. 영원히 회복되지 않는 자연은 없다. 적어도 나는 그렇게 믿는다.

수레에 퇴비를 실어 와 이불처럼 덮어준다. 토닥토닥 잘 자거라, 귀여운 우리 아기. 웅크리고 작업했더니 허리가 아파 중간중간 허리를 쭉 편다. 이마에는 땀이 송골송골 맺힌다. 고된 일이지만 내 아이들에게 맛있는 밥을 차려주는 것처럼 뿌듯하다.

이거 먹고 기운 차리렴.
내년에는 더 좋은 땅을 만들어줄게.

정원생활자의 겨울 방학

―――――――― "우리 애기, 손발이 너무 차네."

어릴 때부터 엄마에게 수없이 들은 말이다. 여름에도 발이 얼음장처럼 차가워 양말을 신어야 했다. 한여름에 양말이라니! 내 몸이지만 참 어이없다. 타고난 체질 때문에 겨울은 늘 벗어나고 싶은 계절이었다. 시골 생활이 시작되고 처음 겨울을 맞을 때, 주택의 겨울에 지레 겁을 먹었다. 추워서 주택이 싫어지면 어쩌지? 내가 지은 집이라 버릴 수도 없는데…….

물론 모조리 쓸데없는 걱정이었다. 역시 겪어 보지 않고는 알 수 없는 게 많다.

주택의 겨울은 뜨거운 아이스 아메리카노 같은 시간이다. 차가운 외풍과 자글자글 끓는 바닥의 콜라보 효과가 아주 끝내준다. 머리로는 차가운 윗 공기를 마시고, 뜨끈한 방바닥에 몸을 지지는 즐거움이란! 마치 따뜻한 노천탕 안에서 차가운 음료를 마시는 기분이랄까?

이 시기에는 해가 늦게 뜨는 만큼 아침잠도 늘어난다. 새벽부터 일어나 풀 뽑던 사람이 맞나 싶게 게을러진다. 느지막이 일어나 간단히 식사하고 뜨끈한 방바닥에 배를 깔고 눕는다. 그동안 묵혀둔 책들을 잔뜩 쌓아놓고 읽으면 거기가 천국이다. 귤은 상자째 옆에 두고 짬짬이 까 먹는다. 우리 가족은 모두 과일 킬러라 귤 한 박스도 하루면 뚝딱이다. 아이들은 만화를 보고, 나는 가드닝 책을 보며 나른한 겨울 오후를 즐긴다.

책 보는 게 지루해지면 정원일에 쫓겨 못했던 일들에도

팔을 걷어붙인다. 대표적인 것이 베이킹이다. 아이들이 좋아하지만 자주 해주지 못해 미안했는데, 이참에 만회해야 한다. 온 세상에 얼음과 눈으로 덮인 오후, 따스한 집 안에는 고소한 버터 냄새가 가득하다. 보드라운 반죽을 주무르며 빵을 만드는 시간은 그 자체로 힐링이다. 매사에 이런 여유가 주어졌다면 그 기쁨을 알기 어려웠겠지. 겨울은 고된 정원 노동을 마친 자에게 주어지는 선물 같은 시간이다. 꾸준하지 못해 금세 질리는 내가 정원일을 7년이나 해온 건 모두 겨울 덕분이다. 한 박자 쉬며 숨 고르는 시간이 없었다면 벌써 때려치웠을지도 모른다.

겨울 해는 짧다. 오후 여섯 시밖에 안 되었는데 벌써 어둑어둑하다. 서둘러 저녁을 준비하고 열 시가 되기 전에 잠자리에 든다. 해가 지면 잠에 들고 해가 뜨면 일어나는 게 당연한 일이 되었다. 주택에 살며 정원을 가꾸었을 뿐인데, 생체 시계는 어느새 자연의 시간에 맞추어졌다. 대지가 쉴 때 함께 쉬는 이 사이클이, 이제는 익숙하고 편안하다.

정원사의 상상력 ═══════════════════════

  ═══════════ 정원에서의 시간은 한가로워 보이지만, 실상 노동의 연속이다. 삽질과 호미질은 기본 중의 기본이다. 손에는 늘 가위를 들고 뭔가를 잘라내야 하며, 쭈그리고 앉아 잡초도 뽑아야 한다. 기다리던 꽃이 피면 잠시 황홀하지만, 이내 옆에 기어가는 벌레를 발견하고 만다. 아름다움 속에서 일거리를 찾아내는 게 가드너의 습성인가 보다. 흐드러진 꽃 옆에서 벌레를 잡고 시든 꽃도 쳐낸다.

  이렇게 일이 벅찬데 계속하는 이유는 미래에 대한 기대감과 설렘 때문이 아닐까 싶다.

정원사의 상상력은 겨울에 빛을 발한다. 온통 눈으로 가득 뒤덮인 겨울의 중심에서도 여름을 불러와 공간을 디자인한다.

'여기는 라일락을 심는 거야. 보랏빛 꽃이 담을 넘어 넘실대겠지. 온실 위로는 하늘색 나팔꽃이 뒤덮일 거 같은데? 여름에는 저기에 하얀 애나벨 수국이 가득하면 정말 멋지겠다!'

물론 아직은 허허벌판이다. 눈까지 쌓여 잔디와 꽃밭의 경계도 잘 보이지 않는다. 심겠다는 라일락 묘목은 기껏해야 젓가락 같은 막대기이고, 나팔꽃은 새끼손톱만 한 씨앗에 불과하다. 하지만 계절을 앞질러 사는 시간 여행자의 눈에는 커다랗게 자란 나무와 흐드러진 꽃이 생생하게 그려진다. 정원사에게 미래를 그려가는 상상의 시간이 없다면 그토록 진지하게 열정을 쏟아붓지 못할 것이다.

새하얀 스케치북에 밑그림을 채우듯 여기저기에 상상으로 식물을 심어본다. 겨울에 스케치를 잘 끝내두어야 봄에 진도를 뺄 수 있다. 화가는 붓과 물감으로 그림을 그려

내지만, 정원사는 씨앗과 어린 모종, 작은 막대기 같은 묘목으로 땅에 작품을 그린다. 물론 마음먹은 대로 자라지는 않는다. 자연이란 동업자는 그리 호락호락하지 않다. 그래도 간혹 내가 상상한 그림보다 멋진 풍경을 선사하기도 하니 그저 감사할 따름이다.

정원을 가꾼다는 건 기대감 속에서 사는 일이다. 씨앗 하나 심어두고 내일을, 내년을, 몇십 년 후를 꿈꾼다. 아니, 씨앗을 심기 전의 추운 겨울부터 이미 마음은 계절을 앞질러 달음박질한다. 사람은 내일이 더는 기대되지 않을 때 우울해진다는데, 다행히 나는 '씨앗'이라는 약을 알고 있다. 이것만 있으면 무슨 일이 있더라도 분명 다시 일어설 수 있을 거다. 그런 안도와 기대감이 내게는 분명히 있다.

느림의 미학 ═══════════════

태어날 때부터 느긋한 성격이었지만, 사회에 적응하며 살다 보니 속도에 집착하게 되었다. 특히 약사라는 직업은 내가 상상하던 것보다 훨씬 더 빠르고 실수가 없어야 했다. 그 덕분이라고 해야 할지, 나는 점점 두루뭉술한 사람에서 예민한 사람이 되어갔다. 나도 모르게 다른 일을 할 때도 시간을 계산하고, 스케줄과 동선을 꼼꼼하게 따졌다. 하지만 정원사로서 부차적인 삶이 시작되며 삶은 예상치 못한 방향으로 흘러갔다.

처음에는 비교적 순탄했다. 아이들을 돌보느라 파트 타임으로 일했는데, 일하는 앞뒤로 정원일을 조금씩 하면 충분했다. 그러나 정원일에 빠져들면서 불가사의한 변화가 일어났다. 시간 개념이 구부러지고 뒤틀리기 시작한 거다. 정원에 들어서면 설명할 수 없는 이유로 몇 분이 몇 시간으로 돌변했다. 20분 정도만 잡초를 뽑고 출근하려 했는데 한 시간이 후딱 지나버리는 식이었다. 출근 채비할 시간도 부족해 겨우 세수만 하고 나서는 날이 많아졌다. 퇴근 후에는 딱 한 시간만 가지치기를 한다는 게 날이 어둑어둑해질 때까지 정신 놓고 잘라댔다. 그런 날 저녁은 짜장면이다. 우리 동네까지 배달해 주는 유일한 식당이라 메뉴 선택권이 없다. 그리고 그런 저녁이 자꾸만 늘었다.

참 신기하게도 식물들은 나와 다른 시간대를 사는 것 같았다. 하나같이 한껏 여유로운 게 아닌가. 꽃 하나를 피우는 것도 그렇다. 앙증맞은 장미 꽃봉오리가 뽀얀 얼굴을 드러내면 나는 조바심부터 난다. 봉오리도 저렇게 예쁜데 꽃은 얼마나 예쁠까? 빨리 피어났으면! 아침마다 재촉하는 마음으로 정원에 나서지만 꽃봉오리는 그대로다. 오히려 어제보다 더 작아진 느낌이다. 좀 더 빨리 안 될까? 시간을 앞당기려 물도 한 번 더 주고, 부탁도 하고, 기도도 해보지만 꿈쩍도 하지 않는다. 그러다 어느 날 도도한 자태를 뽐내며 아무도 모르게 피어나는 것이다. 늘 종종대는 나와 상관없이 자기만의 시간을 충분히 가지는 것처럼.

가끔은 정원이라는 공간 자체가 그들만의 속도로 시간을 만들어내는 것처럼 느껴진다. 그런 의미에서 정원에 들어서는 것은 다른 차원에 발을 디디는 것이기도 하다. 풀한 포기, 꽃 한 송이는 거대한 자연 속에서 미약한 존재일지 모르지만, 그럼에도 스스로 주인공이 되어 그들만의 시간을 산다. 아무리 정원사가 안달하고 애걸복걸해도 소용없다. 잡초 하나조차 자신의 스케줄을 두고 타협하지 않는다. 그래서 정원에서는 그 어떤 식물도 앞서거나 뒤처지지 않는다. 모두 가장 적절한 타이밍에 잎을 틔우고 가장 필요한 시기에 꽃을 피운다. 생태계의 시계는 단 한 번도 틀린 적이 없다.

나만의 리듬에 맞추어 살아가는 일. 그게 자연이 우리에게 주는 최고의 교훈일지도 모른다. 세상의 주인공은 아니지만, 그래도 내 이야기의 주인공은 나밖에 할 수 없으니까.

　　무수한 겹을 가진 꽃 한 송이가 며칠에 걸쳐 천천히 꽃잎을 펼치는 모습을 관찰하며, 오늘도 마음의 시간을 '느림'으로 설정한다.

씨앗을 정리하며 ════════════════

════════ 2월이 코앞에 오면 슬슬 봄 준비를 해야겠다는 생각이 스멀스멀 올라온다. 더 쉬고 싶지만, 마음의 준비를 미리 하지 않으면 어느 날 들이닥친 봄에 당황할 테니……. 새삼 봄 의지를 다진다.

이럴 때 제일 먼저 하는 일은 씨앗 정리다. 어떤 씨앗을 심을지 쇼핑몰을 검색하다가, 문득 지난 가을에 미리 사둔 씨앗이 떠올랐다. 허겁지겁 씨앗이 담긴 쿠키 통을 열어보니 사놓은 씨앗과 가을에 거둬들인 씨앗이 산더미처럼 쌓였다. 이걸 두고 또 샀으면 이번 봄도 꽤 힘들었겠다.

찬찬히 씨앗을 살피고 파종할 날짜별로 태그를 붙여 정리한다. 흠, 바로 파종해야 할 것들이 생각보다 꽤 많다. 일주일이라도 늦었으면 큰일 날 뻔했다. 흔히들 씨앗은 따뜻한 봄에 뿌리는 줄 알지만, 추위에 강한 일년초들은 일찌감치 준비해 두는 게 좋다. 씨앗 봉투에 적힌 파종 시기만 믿었다가는 꽃을 못 보기 십상이다.

부엌에서 본격적으로 파종 작업에 들어간다. 싹이 트려면 세 가지 조건이 맞아떨어져야 한다. 바로 온도, 습도, 빛이다. 그중에서도 빛은 은근히 조절하기 어려운 과제다. 씨앗마다 원하는 빛의 양이 다르기 때문이다. 물론 이래도 흥, 저래도 흥, 하는 두루뭉술한 씨앗도 많다. 그러나 델피니움처럼 어둡지 않으면 떡잎도 안 내는 까다로운 종류도 있다. 씨앗마다 필요한 조건을 고려해 온실과 집 안 이곳저곳에 꽃씨를 놓아두면 그야말로 난장판이 된다. 가족들의 원성은 못 들은 척 넘기는 센스!

며칠이 지나자 성급한 씨앗들이 바로 떡잎을 올린다.

씨앗 껍데기를 모자처럼 쓰고 올라와서는 만세를 부르는 모습이 어찌나 귀여운지! 꼬물꼬물 생명의 기미가 느껴질 때마다 나는 너무 좋아 소리라도 지르고 싶어진다. 그때부터는 열성적인 새싹 유모가 되어 쉴 새 없이 돌본다. 식물등도 켜주고 환기도 시키며 열심히 들여다본다. 사람은 가늘고 길게 크는 게 좋다지만 새싹만은 안 되지. 제발 짧고 굵게만 자라다오! 튼튼하게 자라야 정원에서도 견딜 수 있단다!

모든 씨앗에는 이미 계획이 있다. 적당한 때가 오면 씨앗은 모든 걸 걸고 한 발 내딛는다. 무모하리만큼 담대한 씨앗의 용기다. 그리고 보면 세상의 모든 초록은 강한 것 같다. 식물이 없으면 동물은 살아남지 못하지만, 식물은 동물 없는 세상에서도 유유히 살아가니까. 나는 이미 완벽한 존재인 식물을 키운답시고 이리 뛰고 저리 뛰며 혼자 부산을 떠는 중이다. 내 호들갑에 장단을 맞춰주는 씨앗들에게 새삼 고마울 뿐이다.

조금만 기다려주세요!

나무를 키울 때 우리는 종종 나무의 높이나 뻗어나가는 줄기, 넓게 퍼지는 가지, 피어나는 꽃에 주목한다. 하지만 나무 의사 우종영 선생님의 말씀에 따르면 나무의 성장에서 정말 중요한 건 뿌리라고 한다. 나무는 막 싹을 틔울 때부터 뿌리를 키우는 단계를 필수적으로 거친다. 이 단계를 '유형기'라고 부르는데, 이 기간 동안 나무는 땅속에 단단하게 자리 잡으며 힘을 다진다.

나무가 유형기를 거치는 동안, 겉으로 보이는 성장은

둔하게 느껴질 수 있다. 주변의 나무들이 자라든 말든 햇빛이 따갑든 비가 내리든 나무는 상관하지 않는다. 오로지 뿌리를 더 넓고 깊게 내리는 데만 집중한다. 어떤 고난이 닥쳐도 살아남을 수 있는 힘을 비축하는 것이다. 나무들이 성장하기 전에 뿌리를 키워 내면의 힘을 다진다는 걸, 나는 정원에서 몸소 체험했다.

나무 시장에서 사다 심은 50㎝짜리 서양측백나무 '에메랄드그린Smaragd'은 3~4년간 거의 자라지 않았다. 고만고만한 키에 참 느리게 자라는 나무구나 싶었는데 재작년 문득 돌아보니 어느새 우리 아이들 키만큼 올라온 게 아닌가. 관심을 끄고 있었더니 쑤욱 자란 것이다. 그리고 올해 드디어 내 키 정도가 되었다. 4년을 무릎 높이의 꼬꼬마 상태로 있었던 걸 생각하면 놀랍고 감동적인 성장이다.

그러고 보면 작약도 처음 몇 년은 꽃을 피우지 않았다. 꽃봉오리가 몇 개 생겨도 스스로 그 봉오리를 말리며 뿌리 성장에 집중하더니, 마침내 아름다운 꽃을 피워냈다. 작은 모종 또한 예외는 아니다. 더디 자라더라도 묵묵히 기다리다 보면 어느새 성장해 아름다운 꽃을 피워낸다.

큰아이는 태어날 때부터 느리고 예민한 아이였다. 어린이집을 다닐 때는 아침마다 전쟁이었다. 다른 아이들은 한 달쯤이면 전쟁을 끝내고 즐겁게 다닌다는데, 우리 아이는 2년이 넘도록 매일 아침 실랑이를 해야 했다. 일찍 가르친 것도 아닌데 한글의 글자를 받아들이는 걸 어려워해 초등학교에 들어가서도 몇 년을 고생했다. 입이 짧고 장도 예민해서 음식을 잘 먹지 못했고, 당연히 키도 작았다. 중학교에 들어갈 즈음에는 과민성 대장염이 생겨 하루 종일 화장실에서 살아야 했던 기간이 몇 개월이었다. 다시 생각해도 속상하고 안타깝고 눈물 나는 날들이다.

그러나 아이는 그런 시간 속에서도 조금씩 성장했다. 촘촘한 매일은 어제도 오늘 같고 오늘도 내일 같았지만, 어느 날 문득 돌아보니 훌쩍 자라 어엿한 사춘기 소년이 되어 있었다. 몸도 마음도, 아이에게는 뿌리를 내릴 시간이 필요했던 거다.

식물마다 유형기의 기간이 다르듯 아이들에게 각자의 내실을 다지는 시간이 다르다는 것을 내 아이를 기르며 알게 되었다. 모든 것이 멈춘 듯하고 도무지 나아지지 않을 때. 그때가 오면 부모는 곁에서 따뜻한 응원과 격려를 건네며 있는 듯 없는 듯 숨은 조력자가 되어야 한다. 아이에게 시간을 충분히 주어 뿌리 깊은 아이로 자라나도록 기다려야 한다. 뿌리를 내리기 위해 겪는 고난과 시련의 순간은 인생이라는 거대한 숲을 이루기 전, 아이에게 주어진 오롯한 성숙의 시간이다.

'뿌리 깊은 나무는 바람에 아니 흔들리므로

꽃 좋고 열매 많으니……'

계절성 불면증 ══════════════════

═══════ 오늘도 잠은 쉬이 오지 않는다. 이번 겨울에
도 어김없이 불면증이 찾아왔다.

아이를 낳고부터 생긴 불면증은 이 집에 살면서 감쪽
같이 사라졌었다. 매일 주택 계단을 오르락내리락하고 정
원을 종횡무진하다 보니 에너지가 소진돼 침대에 눕자마
자 5초 안에 잠들곤 했다. 그런데 참 희한하게도 겨울이
되면 그동안 사라졌던 불면증이 슬그머니 찾아오는 거다.
마치 겨울 손님처럼.

나는 본래 잘 자는 사람이었다. 초등학생 때는 학교에서 돌아오자마자 낮잠부터 잤다. 한참 자고 나면 개운했다. 피곤해도, 스트레스를 받아도, 친구와 싸워도, 나는 잠을 자는 걸로 풀었다. 잠은 내게 모든 걸 괜찮게 만들어주는 마법의 약이었다. 그러다 첫아이를 낳고 밤새 우는 아이를 달래는 삶이 시작됐다. 초보 엄마인 나는 혹시라도 아이가 잘못될까 봐 졸린 눈을 비비며 옆에서 지켰다. 육아로 틀어진 수면 패턴은 쉽게 제자리를 찾지 못했고, 잠이 오지 않는 밤이 늘었다. 잠을 잘 자지 못해 늘 피곤하고 몸이 쑤셨다. 밤이 되면 자야 한다는 압박감에 잠이 더 오지 않았다. 불면증의 시작이었다.

반가운 손님은 아니지만, 이제는 불면증이 예전처럼 두렵지 않다. 오래 알고 지내온 손님을 맞듯, 담담히 책을 집어 든다. 정원일이 바쁜 시기에는 책을 전혀 읽을 수가 없다. 글자만 읽을라치면 꾸벅꾸벅 졸다 잠들어 버리기 때문이다. 내가 책 앞에서 매일 졸고 있으니 아이는 "책은 엄마한테 수면제야?"라며 놀리기까지 한다. 그런데 불면증이

도지는 겨울은 책을 읽기 좋은 계절이다. 조용한 밤, 읽고 싶었지만 못 읽었던 책들을 하나씩 읽어 나간다. 봄을 기다리며 정원에 관한 책도 읽고, 러시아 작가가 쓴 묵직한 소설에도 도전한다. 읽고 싶은 책이 너무 많아 이 책 저 책 읽다가 제대로 끝내지 못하는 경향이 있지만, 그러면 뭐 어떤가.

길고 긴 겨울밤은 이리저리 미뤄놨던 집안일을 하기에도 제격이다. 책장도 정리하고, 옷도 정리하고, 그릇도 정리하다 보면 마음까지 정리되는 기분이다. 그러다 슬슬 정원이 그리워지면 그동안 만들어놓은 유튜브와 인스타그램을 돌아본다. 정원의 소중한 기록들. 추운 겨울밤 만나는 뜨거운 계절의 영상과 사진 들은 새삼 놀랍다. 답글들을 하나하나 읽어본다. 참 감사하게도 구독자분들은 모두 착한 글만 써주신다. 응원하는 글, 정원을 칭찬해 주시는 글, 따뜻하게 위로하는 글. 어떠한 목적이 있어 시작한 게 아님에도 하다 보니 정원으로 모두와 이어지고 있다. 언제까지 하게 될지 모르겠지만, 일단 지금은 내 경험을 나누고 함

께 이야기하는 것이 즐겁고 감사하다. 마치 온라인 공간에 또 다른 정원을 가꾸는 것 같다. 찰나의 순간을 담고, 맘에 드는 배경 음악을 넣어서 새로운 정원을 만드는 작업이 참 좋다. 시간과 품이 많이 들지만 그럼에도 분명 가치로운 일이다.

잠이 안 오는 겨울밤이면 모든 걸 찬찬히 둘러보는 시간을 갖는다. 내 삶에서 중요한 것, 계속 가져가고 싶은 것, 그 중심에 대해 깊이 생각해 본다. 불면증이 계속되지 않으리라는 걸 알기에 깊은 밤이 두렵지 않다. 꼬리를 문 사색 끝에 어느새 스르륵 잠이 든다.

'잠이 왜 안 올까? 계속 이러면 어쩌지?'

이런 생각들을 안 하는 것만으로도 나는 불면증 환자가 아니다. 겨울마다 찾아오는 오래된 손님이 이제는 되레 반갑다.

저절로 굴러갈 수는 없는 거니? ════════

════════ 이 집에 이사하고 처음 삭막한 마당을 보며 딱 5년만 정원을 열심히 만들어보자 결심했다. 5년 정도 하면, 손이 별로 안 가도 저절로 굴러가는 정원이 만들어 지겠지 싶었다. 5년을 넘어 7번의 여름을 맞은 지금, 정원 은 여전히 정신없고 치열하다.

처음에는 일 안 해도 돌아가는 정원이라는 원대한 꿈 의 시작으로 다년초에 집착했다. 다년생이란 말은 내게 유 토피아처럼 들렸다. 한 번 심으면 겨울에 죽지 않고 봄에 다시 자라나 꽃을 피운다. 심지어 매년 조금씩 튼실해지고, 씨를 뿌려 알아서 번식한다. 이렇게 환상적인 식물이 있다니! 서둘러 다년초 씨앗을 구해 뿌렸는데 생각만큼 쉽지 않았다. 대부분 싹이 나오지 않았고, 혹여 나오더라도 그 해 꽃이 피지 않았다. 알고 보니 다년생은 보통 첫해는 뿌리와 줄기, 잎에 치중하여 몸집을 키우다가 성숙한 뒤에 꽃을 피운다는 게 아닌가. 보통 파종을 한 다음 해에 꽃이 달리는데, 그때부터는 해가 갈수록 더 성장한다고 해서 낙담했던 마음을 추슬렀다.

다년생 꽃을 제대로 보기 시작한 건 거의 3년째가 되어서다. 드디어 이제 저절로 돌아가겠구나 싶었는데…… 문제가 생겼다. 다년생은 해가 갈수록 덩치가 커진다. 적당한 크기로 내 맘에 딱 들게 자란 건 일이 년에 불과했다. 그 외에는 너무 작거나 너무 컸다. 키를 고려해서 알맞은 위치에 심어도 시간이 흐르면 어느새 거대한 덩치의 키다리가 되어버렸다. 화단 중간에 불쑥 솟은 다년초라니, 아찔하다. 완벽한 순간은 아주 짧고, 금세 균형이 흐트러졌다.

게다가 자연 발아가 왕성한 게 좋은 것만은 아니었다. 정원이 어느 정도 자리를 잡고 나서는 내가 원하는 방향으로 이끌고 싶은데 자연 발아한 꽃들이 자꾸 방해를 했다. 이쪽저쪽에서 불쑥불쑥 자라나 꽃을 피우는 것이다. 원치 않은 곳에 원치 않게 돋아나니 '대략 난감'이었다.

괴물처럼 커버린 다년초와 제멋대로 번식해서 자기들 세상을 만든 새싹 사이에서 나는 허우적거렸다. 내가 또 정원을, 자연의 세계를 얕잡아 봤구나. 타샤 할머니가 그랬다. 정원이 완성되려면 12년은 걸린다고. 키워보지 않으면 모를 사소하고도 중대한 일들을 극복해 가며 7년을 버텼다. 이제 5년이 더 지나면 타샤 할머니 말대로 완성된 정원을 볼 수 있을까? 너무 까마득한 이야기라 단언할 수는 없지만, 내 정원일이 끝나지 않으리라는 것만은 확실하다.

이만큼 지난 지금도 나는 매번 새로운 문제에 부딪힌다. 그때마다 헤쳐나갈 방법을 생각해 낸다는 게 스스로 놀라울 뿐이다. 모두 극복하는 건 아니다. 포기하는 부분

도 있고, 수정하는 부분도, 심지어 몇 년이 지나서 원점으로 되돌릴 때도 있다. 그래도 괜찮다. 이제는 완벽을 꿈꾸지 않는다. 모든 것이 딱 들어맞는 황홀한 순간은 어차피 찰나다. 정원일의 대부분은 문제를 해결하기 위해 움직이는 시간이고, 그런 시간이 쌓여 이야기가 만들어진다. 영영 미완성이라 더욱 아름다운 이야기, 그게 내 정원의 매력일지도 모른다.

언제나 거기 있는 초록이 좋아서 ══════

 ══════ 우리 정원의 이름은 '초록가든'이다. 사시사철 꽃이 가득해 초록의 자취를 찾기 어려운데 왜 초록가든인지 궁금해하는 사람이 많다. 하지만 자세히 본 사람은 아마 알 거다. 우리 정원에는 꽃만큼이나 초록 물결이 넘친다는 사실을.

 정원을 시작한 첫 해, 황량함이 싫어서 이 나무 저 나무, 보이는 대로 사다 심었다. 계절에 순응하는 자연스러움이 좋아 겨울이면 잎이 지는 활엽수만 심으려 했지만, 그러면 겨울에 앙상한 가지 사이로 집이 너무 노출될 것 같아 몇 개는 상록수로 골랐다. 차폐는 겨울에도 필요한 효과니까. 살다 보니 이쪽저쪽 가릴 곳이 늘어났고 더불어 상록수도 점차 늘었다. 그래도 쭉 시큰둥했다. 많아 봤자 어차피 집의 가림막, 생울타리 정도일 뿐이니. 자기 집 담벼락에 흥미를 갖는 사람은 없지 않은가.

그런데 어느 날 문득, 같은 사진을 찍어도 예전과 달리 아름답게 느껴졌다. 어디를 찍어도 포토제닉한 느낌이랄까? 이유가 뭔지 따져보니 '초록'이라는 배경 덕분인 듯했다. 형형색색의 꽃이 빛나기 위해서는 잔잔히 깔리는 초록 바탕이 필요했던 거다. 정원에 입체감을 주고 황량한 겨울마저 아름답게 빛내주는 상록수는, 이제 집 가림막 이상의 존재가 되었다. 황소가 뒷걸음치다가 쥐를 잡는다더니, 내가 딱 그 격이다.

우리 정원은 봄, 여름, 가을, 겨울, 사계절 내내 '초록' 그 자체다. 초록은 언제 어디서 누구와든 잘 어울리는 성격

좋은 친구 같다. 욕심껏 심은 꽃들이 각기 화려하게 피어날 때, 초록이 중심을 잡아주지 않는다면 어지럽고 혼란스러울 거다. 과유불급, 지나친 건 아니함만 못하다는 게 초록의 정신이다. 수많은 꽃을 들여다보다 눈이 피로해지면 상록수로 시선을 옮긴다. 그러면 눈도 마음도 저절로 편안해진다. 초록만이 가진 특별함이자 신비로움이다.

배경으로만 존재하던 겸손한 상록수가 스포트라이트를 받는 계절이 겨울이다. 만물이 깊은 쉼으로 침잠할수록 상록수는 더욱 아름다워진다. 곧 주인공이 되리라 예견한 것처럼 색이 더 짙어진다. 서양측백나무 에메랄드그린은 더욱 형형한 초록빛이 되고, '에메랄드골드Emerald Gold'는 특유의 노란빛이 깊어진다. 작업실 옆에 병풍처럼 서 있는 향나무 '스카이로켓Sky Rocket'은 오묘한 녹회색이 감돈다. 올봄에 심은 꼬마 블루아이스는 제법 자라 은녹색으로 반짝인다. 옆집과의 경계에 심은 스트로브잣나무는 겨울에 특히 아름다운 초록색으로 빛난다. 덕분에 추운 나라의 숲 같은 느낌이 물씬 풍긴다. 눈이 오거나, 나뭇가지

에 하얗게 상고대가 피면 각기 다른 색감과 모양의 상록수
가 어우러져 환상적인 풍경을 만들어낸다.

　어쩌다 심은 상록수 덕분에 겨울에도 우리 정원은 늘
푸른 '초록가든'이다. 사계절 내내 반드시 있는 색, 나서지
도 물러서지도 않는 중용의 색, 아무도 없을 때 홀로 빛을
발하며 공간을 채우는 색. 꽃 욕심 많은 내가 최고로 꼽는
색은 역시나 초록이다.

초록이 좋아서

초판 1쇄 인쇄 2024년 9월 10일
초판 1쇄 발행 2024년 9월 25일

지은이   더초록 홍진영
펴낸곳   ㈜앵글북스
주소   서울시 종로구 사직로8길 34 경희궁의 아침 3단지 오피스텔 407호
문의전화   02-6261-2015
메일   contact.anglebooks@gmail.com

ISBN   979-11-87512-96-7 03810

© 더초록 홍진영, 2024